여기서 마음껏 아프다 가

여기서 마음껏 아프다 가

울음이 그치고 상처가 아무는 곳,
보건실 이야기

김하준 지음

수오서재

아픔과 슬픔을 들여다보는 일

손톱은 뜯어도 뜯어도 또 자라서 얼마나 다행인지요. 보건실에 오는 아이들 중에 손톱을 물어뜯는 아이들이 많은데, 아이들의 손톱이 점점 작아지는 것을 보며 든 생각입니다. 피가 철철 흐르는데도 손톱을 물어뜯는 아이에게 "아프지?"라고 물으면 별로 안 아프다고 대답합니다. 아픈 줄도 모르고 뜯다 기어이 피가 나야 뜯기를 멈추는 아이인 거죠. 그런 아이의 심리 상태는 어떨까, 어디가 불편한가, 걱정이 있나, 생각해봅니다. 가끔은 아이에게 왜 그랬냐고 물어보면 고개를 돌리거나, 멋쩍은 표정을 짓기도 하고, 말을 얼버무리기도 합니다. 당연한 거죠. 자신도 모르는 새에 뜯었을 테니까요.

아이들은 자기도 모르는 사이 여기저기 상처를 입으며 자랍니다. 넘어지고, 부딪치고, 떨어지고, 까지고, 멍이 들고, 딱지가 지고. 처음 겪어보는 아픔에 놀라 울기도 하지만 아이들은 언제 그랬냐는 듯 또다시 웃으며 뛰어다닙니다. 상처가 난 자리에는 곧 새살이 돋아나니까요.

그런데 눈으로 확인할 수 없는, 마음의 상처로 아파하는 아이들도 보건실에 꽤 많이 찾아오곤 합니다. 마음의 상처는 아이들의 표정과 몸짓에서 드러납니다. 그런 아이들에게 제가 해줄 수 있는 건 그저 한 명 한 명 눈을 맞추어주는 것, 이야기를 들어주는 것밖에 없습니다. 다행인 건, 아이들은 아주 작은 것으로도 상처받지만 아주 작은 말 한마디로도 금세 회복되는 유연함을 가졌다는 거예요.

스스로가 불행하다 느끼는 어른들 중 많은 원인이 내면에 상처 입은 아이를 내버려두었기 때문이라고 합니다. 어린 시절 상처의 경험이 자신을 괴롭히는 경우, 마음 같아선 그때로 돌아가 아파하는 자신을 안아주고 싶어집니다. 저는 보건실에서 아이들을 만나며 어린 시절의 저를 위로해줄 수 있었습니다. 이 글을 쓰게 된 이유도 마찬가지입니다. 보건실에 찾아오는 아이들을 좀 더 다정히 들여다보는 눈을 키울 수 있었고, 그것이 곧 저를 사랑하는 방법이라는 것도 알게 되었습니다.

만약 어린 시절 상처의 경험이 있다면, 이 책에서 어린 시절 자신과 비슷한 아이를 찾을 수도 있을 것입니다. 아이들은 힘들 때 어떤 모습으로 자신을 드러내는지, 또는 숨기는지, 아플 때 어떤 말을 하는지 조금이나마 알게 될지도 모르겠습니다. 아직도 아파하고 있는 내 안의 작고 연약한 아이를 발견해 위로해주는 시간이 되면 좋겠습니다. 무엇보다 지금 나와 가장 가까이 있는 아이의 아픔을 발견할 수 있는 작은 계기가 되길 바랍니다.

글 속의 아이들 이름은 전부 가명을 사용했으며, 대부분 코로나19 이전의 이야기로 현재 보건실에서 아이들을 보는 방법과는 다소 차이가 있을 수 있습니다. 코로나19가 언젠가 끝나더라도 신종 감염병은 또 발생할 수 있기에 앞으로는 아이들과 일정한 물리적 거리를 두고 대해야 할지도 모르겠습니다. 그렇다고 마음의 거리까지 멀어지지는 않았으면 좋겠습니다.

마지막으로 책 속의 아이들, 부족한 글을 발견해 따스한 옷을 입혀준 박세연 편집자, 언제나 나를 지지해주는 함께 사는 두 아이에게 가슴 깊이 고마움을 전합니다.

서문 아픔과 슬픔을 들여다보는 일 : 004

1

보건실을 찾아오는
아프고
기특한 아이들

죽으려고 했는데 옥상이 잠겨 있었어요 : 015

식물과 아이들의 공통점 : 019

밥을 먹으려고 하는데 눈물이 났어요 : 025

당뇨는 부지런하게 하는 병이래요 : 034

선생님, 따랑해요 : 044

오늘 안녕이 영영 안녕일 수 있어 : 050

아이들을 볼 땐, 사진 찍을 때처럼 : 057

쏟아지는 아이들 : 061

2 　마음에도
　　반창고를
　　붙여줄게

세상에 예쁜 손은 없다 : 089

그림 속 아이스크림 : 095

학교의 중심은 어디인가? : 102

나는 왜 이런 병에 걸렸을까요? : 107

울퉁불퉁 모과를 닮은 아이들 : 114

아픈 곳, 영혼이라고 쓰는 아이가 있다 : 118

보건교사 안은영은 아니지만 : 126

보건실 단골 손님들 : 130

3　　　　　상처가 아물 때쯤

　　　　　　　한 뼘 더

　　　　　　　자라 있겠지

반창고나 붙여주는 보건교사 : 155

새 구두를 신고 : 162

날마다 새로 생긴 아픈 조각 : 167

선생님, 저는 죽을 고비를 두 번이나 넘겼어요 : 172

불면증은 어떻게 해야 낫죠? : 179

새가 날개를 다친 것 같아요 : 186

선생님도 아파봤어요? : 192

10월의 어느 날 : 198

4   학교를 지키는
          단 한 명의
          의료인

보건교사가 겪는 외상 후 스트레스 : 219

성교육의 최종 목적 : 229

아이들의 성 문제가 드러나는 방식 : 236

8,200원짜리 가시를 뽑은 날 : 247

열화상 카메라 너머의 아이들 : 253

감염병 시대, 보건교사로 살아가기 : 264

주워온 트리안과 보건실의 루틴 : 271

눈 쌓인 길을 걷습니다 : 276

1

보건실을 찾아오는
아프고
기특한 아이들

——————— 죽으려고 했는데
옥상이
잠겨 있었어요

숲에 틈이 있어야 어린나무가 자라듯 학교라는 곳에도
틈이 있어야 한다. 초등학교에서 아이들에게 그 틈은 쉬는
시간, 점심시간일 것이다. 공간적 틈은 운동장, 놀이터가 될
것이다. 간혹 아이들에 따라 그 틈이 오히려 소외의 시공간
이 될 수 있다는 것을 안다. 그런 아이들이 학교에서 시공간
에 상관없이 자유롭게 갈 수 있는 곳이 보건실이 아닐까. 초
등학교에는 상담실이 없는 곳도 많고, 상담실이 있다 해도 주
1~2회 순회 상담교사가 오는 곳이 대부분이다. 그런 상담실

도 예약을 해야 갈 수 있다. 하지만 초등학교 보건실은 아이들에게 항상 열려 있다. 그런 곳이 한 곳은 있어야 한다고 생각한다. 보건실에는 출입증이 없다. 가끔 아이들이 몰려들어 정신이 없을 땐, 담임교사 허락하에만 보건실에 갈 수 있도록 출입증을 만들고 싶은 마음이 들 때도 있었다. 하지만 그런 생각을 접게 한 사건이 있다.

2학기 내내 체한 것 같다며 자주 소화제를 먹던 아이가 있었다. 소화제를 안 먹어도 될 정도의 날은 적외선 찜질을 하고 쉬다가 교실로 가곤 했다. 그런 아이가 어느 날 1교시도 시작되기 전에 보건실 문을 벌컥 열고 뛰어 들어와 눈물을 쏟아내며 꺼이꺼이 울었다. 나는 놀라서 무슨 일이냐고 물었다. 아이가 꺼낸 첫 마디에 충격을 받음과 동시에 감사했다. 옥상에 올라가 떨어져 죽으려고 했는데 옥상 문이 잠겨 있어서 갈 데가 없어 보건실에 왔다는 것이다. 그 말을 듣는 순간 심장이 쿵쾅거리고 머릿속이 하얘졌다. 결국 할 말을 찾지 못해 아이를 꼭 안아주며 말했다.

"그래 여기 온 건 정말 잘했다. 진짜 잘한 거야."

보건실 난방기를 끝까지 올리고 침대에 누워서 쉬게 했

다. 아이가 서서히 진정되는 것 같아 따뜻한 물을 마시게 하고 복도에 나와서 담임교사에게 상황을 알렸다. 부모님은 모두 직장에 다녀서 당장 올 수 없었다. 점심시간까지 아이를 데리고 있었다.

그날 아이는 소아정신과에 갔지만 검사 도구를 끝까지 마치지 못한 채 집으로 갔다고 했다. 이후 아이는 우울증 진단을 받고 약을 먹게 되었다. 어머니는 학교로 찾아와 고맙다는 말을 전했다. 나는 그때 보건실이란 곳이 얼마나 중요한지 생각하게 되었다. 20년 넘게 보건교사로 있으면서 이런 일은 처음이었다. 보건실이 있다는 것, 그리고 그곳이 열려 있다는 것이 얼마나 다행이었는지 모른다.

보건실은 간단한 외상을 치료하기 위해서만 존재하는 것이 아니다. 이런 아이 하나를 발견해내기 위해 존재하는 곳이기도 하다. 어떤 위험한 징조를 감지하기 위한 센서가 되기도 하고, 가정과 교실에서 소외된 아이를 마지막으로 걸러낼 수 있는 체의 역할이 되기도 한다.

그 사건 이후 체했다고 자주 오는 아이들에게 "걱정거리가 있니, 요즘 어떻게 지내?"라며 묻는 버릇이 생겼다. 내게 걱정과 고민들을 해결해줄 능력은 없다. 그러나 대부분의 걱정거리는 스스로 말하면서 정리될 정도로 사소한 것들이 대부분이었다.

친구들과 함께 놀고 싶은데 끼워주지 않아서
혼자 있고 싶은데 혼자 있을 데가 없어서
학교에서 울고 싶은데 울 데가 없어서
아무도 자기를 알아주는 사람이 없는 것 같아서
아이들은 갈 데가 없어서 보건실에 가기도 한다.

식물과
아이들의
공통점

"선생님, 식물인간은 어떤 상태를 말해요?"

심폐소생술 수업 시간에 의식을 잃은 사람은 5분이 경과하면 회복되어도 '식물인간'이 될 수 있다는 말을 했을 때, 한 아이가 물어본 말이다.

"응, 저기 창가 허브처럼 아무도 물을 주지 않고 그냥 두면 죽게 되는 상태를 말해"라고 설명해놓고 어딘가 내 대답이 마음에 들지 않았다. 동물과 식물은 생육 자체가 다른데 식물 고유의 특성을 마치 부족한 것으로 표현한 '식물인간'은 적절한 표현이 아니라는 생각이 들었다. 그 후 심폐소생술 수업 시간에 '식물인간'이란 표현을 삼가게 되었다.

그날 심폐소생술 교육 시간에 아이들이 일제히 창가를 바라보고 고개를 끄덕이는데 창가 옆에 앉아 있던 한 아이가 갑자기 벌떡 일어나 시든 화분을 들고 걸어 나갔다. 왜 그러냐고 묻자 아이는 당당하게 말했다.

"환자를 발견하면 4분 이내에 살려야 한다면서요? 선생님, 저는 3분 이내에 다녀올게요."

그러더니 아이는 정말 3분도 채 안 돼 물이 뚝뚝 떨어지는 화분을 들고 들어왔다. 그러자 다른 아이들이 줄줄이 일어나 창가에 진열된 화분을 들고 화장실로 갔다. 너도나도 할 것 없이 화분에 물을 주느라 그날 수업은 화초에 물 주는 시간이 되어버렸다. 허브는 환기가 중요하니까 창문을 자주 열어서 환기를 시켜야 해. 그리고 스파트필름은 물을 좋아하니까 자주 물을 줘야 해. 나는 교실에 진열되어 있는 식물의 물 주는 주기와 특징을 아는 대로 말해주었다. 수업을 마치고 교실에서 나오며 한 마디를 덧붙였다.

"얘들아, 식물도 골든 타임이 있어. 죽은 것 같지만 물을

주면 싱싱하게 살아나는 때 말이야. 바로 뿌리가 살아 있을 때야. 사람도 그래. 움직임이 없다고 포기하면 안 된다는 거야. 뿌리가 죽지 않았으면 살게 돼. 그것만 알면 돼. 식물에겐 물, 사람에겐 119!"

수업을 마치고 보건실에 돌아와서 상담용 탁자 옆에 둔 스파트필름을 자세히 보았다. 언젠가 주워온 화분을 동네 화원에 가져가 어린 스파트필름을 심어 왔는데 여름 가을을 지나 겨울에 꽃을 피우고 이듬해에는 여러 차례 피고 지고를 반복했다. 물을 안 주면 어느 순간 잎을 축 내려뜨리다가 물을 주면 언제 그랬냐는 듯 줄기를 곧추세우고 싱그러워지는 게 꼭 보건실에 오는 아이들을 닮았다. 나는 아이들과 스파트필름의 공통점을 안다.

하나, 사랑(물)을 주는 만큼 쑥쑥 자란다.

둘, 햇빛을 좋아하나 그늘에서도 잘 자란다.

셋, 한꺼번에 꽃 피우지 않는다.

넷, 꽃의 크기가 다 다르다.

다섯, 요리조리 위치를 바꿔주면 빛을 따라 자란다.

여섯, 한번 꽃 피우면 고개를 떨어뜨리지 않는다.

일곱, 양분이 부족한 흙에서도 제법 잘 자란다.

여덟, 바람을 좋아한다.

아홉, 싱그러움을 감추지 못한다.

열, 보일 듯 안 보일 듯 영역을 넓혀간다.

인생이라는 나무가 있다면 초등학생 시기는 뿌리를 튼튼히 하는 시기다. 그 뿌리를 무엇으로 튼튼히 할 수 있을까? 친구, 가족, 긍정적 생각, 자신감, 믿음, 사랑, 좋은 책 읽기, 책임감 배우기 등등이 뿌리의 영양 요소가 될 것이다. 성교육 첫 시간 활동 내용으로 아이들과 써보는 내용이기도 하다.

식물들을 보면 보건실에 찾아오는 아이들이 떠오른다. 잔뜩 찡그린 얼굴로 들어왔다가 물 한 잔에도 얼굴이 쫙 펴지는 아이는 스파트필름을, 매일 키를 재고 싶어 하는 아이는 트리안을, 아픈 곳을 자기만의 말로 자세히 설명하는 아이는 크로톤을, 목젖을 드러내며 웃는 아이의 입속은 나팔꽃을, 소독할 때 아프다며 꼭 쥐는 두 손은 고사리를 닮았다.

일터에도 가정에도 몇 개의 화초를 두고 기른다. 혹시라도 죽으면 죽은 수만큼 다시 데려온다. 식물을 기르는 것은 뿌리가 튼튼하지 못한 나를 위한 치유의 한 방식이며 친절을 기르는 방식이다.

봄이 되자 화초들이 요즘 나에게 빛나게 보답한다. 내가 길렀던, 기르고 있는 식물들에게 미소를 지어본다.

밥을
먹으려고 하는데
눈물이 났어요

　　새영이는 3학년, 내가 새 학교로 발령 난 첫해 3월에 머리가 아프다고 왔다. 고막체온계를 귓속에 넣으려는 순간 귀밑머리로 재빨리 지나가는 생명체, 흠칫 놀라 뒤로 한 발짝 물러났다. 내 눈을 의심했다. 엄지와 검지로 머리카락을 젖혀가며 뒷머리부터 정수리까지 살폈다. 머리카락에 촘촘히 붙어 있는 것은 서캐, 수십 마리 서캐를 발견했으니 바로 전에 본 것은 머릿니가 분명하다는 뜻이다. 오랜 기간 보건교사로 일하며 몇몇 아이에게서 죽은 서캐를 발견한 적은 더러 있었다. 하지만 살아 있는 이와 서캐를 동시에 발견한 것은 처음이기에 당혹스러웠다.

　그 시각 보건실에 아이들이 몇 있어서 일단 새영이를 교실로 돌려보내고 담임교사에게 알렸다. 그리고 전교생 통신문을 내보내고 방과 후에 새영이 언니 새봄이를 따로 불렀다. 새봄이는 배가 아프다고 자주 보건실에 오는 아이였다. 그때마다 찜질 외에 달리 해준 것은 없다. 언젠가 새봄이가 고열로 힘들어해 어머니께 수십 차례 연락을 드렸으나 받지 않았다. 문자 또한 답이 없었다. 나중에 담임교사로부터 들었는데 어머니 아버지가 전화를 받는 경우는 거의 없다고 했다. 그날 새봄이는 해열제를 먹고 하루 종일 보건실에 누워서 열이 내리길 기다렸다가 집에 갔다.

　새봄이는 무슨 일인가 의아해하는 표정으로 들어왔다. 우선 새봄이의 머리 안쪽도 살폈다. 다행인지 불행인지 이는 보이지 않았지만 죽은 서캐는 많았다. 새봄이네 형편을 알기에 새봄이에게 머릿니 제거용 샴푸와 편지(전화를 받지 않아 통신문 편지를 썼다)를 건넸다. 온 가족이 머릿니 제거 샴푸를 동시에 사용하여 머릿니를 제거해야 한다고, 긴 머리카락도 반드시 잘라야 한다고 강조해 말했다. 새봄이는 "감사합니다.
선생님"이라고 대답하며 샴푸를 받아 재빨리 가방에 넣었다.

주말이 지나고 월요일 아침에 새봄이가 보건실에 왔다.
샴푸는 가족 모두 사용했다고 했으나 머리카락 길이는 그대
로였다. 약 한 달이 더 지나서야 자매의 단발머리를 볼 수 있
었다. 보건실에 올 때마다 일부러 체온을 측정하며 두 아이의
머리 속을 살폈다. 그 이후 죽은 서캐는 드문드문 남아 있었
지만 이는 발견되지 않았다.

새봄이는 말이 별로 없는 아이다. 하지만 한겨울에도 짧
은 치마에 스타킹을 신을 만큼 멋 내기에 한창인 사춘기 여자
아이다. 그 아이의 고민이 머릿니 때문이라고 나름 추측했기
에 머릿니가 해결된 이후부턴 이제 배가 아프다고 오지 않겠
구나 생각했다. 하지만 잘못된 추측이었다. 새봄이는 그 이후
에도 변함없이 왔다. 주로 등교하는 시간이나 1교시 중에 오
곤 했는데 항상 표정이 어두웠다. 그때마다 온찜질을 20분 정
도 하고 나면 괜찮다며 올라가곤 했다.

그렇게 신학기 한 달이 지나고 4월이 되었다. 급식실 앞

수양벚나무가 핑크빛 발레복을 펼치며 한껏 봄의 절정을 노래하던 때다. 밥을 먹고 나온 아이들이 벚꽃나무 아래로 몰려들어 나무를 흔들어댔다. 떨어지는 꽃잎을 손바닥으로 받느라 이리 뛰고 저리 뛰며 까르르 웃고 있었다. 나는 점심을 먹고 나오던 중 눈처럼 흩날리는 벚꽃나무 아래로 고개를 푹 숙인 채 빠른 걸음으로 지나가는 새봄이를 발견했다.

"새봄! 어디 아프니? 너희 반 급식 시작하던데?"

새봄이는 대답 대신 입을 실룩거리며 고개를 숙였다. 더 이상 말을 시키면 금방이라도 울음이 터져나올 것처럼 보였다. 결국 따라오라는 말만 하고 아이와 보건실로 향했다. 다행히 복도에 기다리는 아이가 없었다. 아이를 의자에 앉히고 왜 그러느냐고 물었지만 아이는 아무 말도 하지 않았다. 결국 내가 양치를 하는 동안 보건실에 방문하면 기록하는 보조 기록부에 아픈 곳을 쓰라고 했다. 그러자 아이가 연필을 잡았다.

학년, 반	5-6
성별	여
이름	김새봄
아픈 곳	밥을 먹으려고 하는데 눈물이 났어요.

나는 말없이 아이의 등을 쓸어주었다. 그리고 물 한 잔을 건넸다. 몇 분의 시간이 흘렀다. 새봄이가 눈물을 그쳤다.

"왜 눈물이 난 것 같아?"

"몰라요."

"혹시 걱정되는 일이 있니?"

"잘 모르겠어요."

"그럼 하고 싶은 말은?"

"그냥, 오늘 점심시간에만 여기 있다 가고 싶어요."

"그래, 그렇게 해."

아이를 칸막이가 있는 상담실 탁자에 앉히고 쉬도록 했으며 더 이상 어떤 것도 묻지 않았다. 그날 담임선생님에게 새봄이의 상태를 전하고 상담선생님에게 아이를 연계해주기로 했다. 나는 그날 이후 아이들이 오면 스스로 기록하는 보건실 보조 기록부의 양식을 한동안 바꿨다.

학년, 반	
성별	
이름	
아픈 곳 또는 하고 싶은 말	

　다음 날, 상담선생님이 새봄이를 상담하고 나서 퇴근 전에 보건실로 왔다.

　"선생님, 새봄이가 야뇨증이래요."

　아…. 나는 미처 그 아이의 진짜 아픈 곳을 발견하지 못한 것이다. 상담선생님은 수십 차례 통화 시도 끝에 새봄이의 어머니와 통화가 되었다고 했다. 치료를 권유했으나 아이의 증세가 전보다 덜 해졌다며 거절했다고. 유치원 때부터 계속된 야뇨증이 5학년이 될 때까지 지속된 것이다. 아침에 우울해서 보건실을 찾은 것은 전날 야뇨증이 있어 자고 나면 흠뻑 젖은 이불 때문에 아버지한테 야단을 맞았기 때문이다. 급식을 먹다가 보건실에 온 것은 같이 밥을 먹던 아이가 이상한 냄새가 나는 것 같다고 말했는데, 그게 자기 때문인 것 같았다는 것이다. 새봄이는 그날 이후 상담선생님과 주 2회 상담을 했고, 이후 야뇨증이 거의 없어지면서 표정도 몰라보게 밝아졌다. 언제나 비릿한 냄새가 나던 머리에서는 향긋한 꽃향기가 났다. 그렇게 5학년의 남은 시간을 보건실과 상담실을 오가며 지냈다.

어느 3월 첫 주, 바쁜 학기 초 업무로 퇴근 시간이 훌쩍 넘도록 일을 하고 있었다. 누군가 똑똑 문을 두드렸다.

"누군지 모르겠지만 얼른 들어와. 선생님 원래 퇴근 시간이야."

말이 떨어지기 무섭게 문밖에서 깔깔 웃음소리가 터졌다. 아이들은 들어오지 않고 문 뒤에 얼굴을 숨기고 합창하듯 말했다.

"그런데 왜 아직 안 가셨어요?"

잠시 후 아이들이 우르르 들어왔다. 조금은 어색해 보이는 교복 차림을 한 졸업생 세 명. 그중 새봄이가 있었다. 언제나 혼자 다녔던 새봄이가 친구들과 함께 온 것은 처음이다.

단발머리를 한 새봄이의 표정이 밝아 보였다. 새봄이는 중학교 보건실에는 맘대로 갈 수 없어서 아쉽다고 했다. 학교에서 집까지 더 멀어져서 살이 좀 빠지지 않았느냐는 농담을 할 정도로 먼저 말을 거는 새봄이가 보기 좋았다. 셋 중 한 명은 배가 아파서 데굴데굴 구른 적이 있던 아이다. 그때 내가 돌봐줘서 나았다며 자기도 커서 보건선생님이 되겠다고 말했었다. 보건실에 거의 오지 않았던 다른 한 아이는 말없이 소파에 앉아 책을 뒤적였다. 역시 초등학교 보건실이 편하다며 아이들은 키를 재보기도 하고 창밖을 내다보기도 했다.

퇴근하며 자주 가는 근처 산책로를 걸었다. 그날 산책로에서 45도 기울어진 채로 자라는 벚나무를 발견했다. 기울어진 나뭇가지마다 꽃눈이 가득 부풀어 있었다. 나무의 꽃눈이 그러하듯 아이들이 찍어가는 사소한 점들도 언젠가 작은 의미가 되어 내가 가는 길에, 그리고 아이들의 길에 환한 빛을 밝혀주리라는 확신이 들었다.

당뇨는
부지런하게 하는
병이래요

승수가 전학 오던 날, 승수 어머니는 마이쮸 한 상자를 들고 아침 일찍 보건실 앞에서 나를 기다리고 있었다. 승수 어머니 말에 의하면 승수는 화를 잘 참지 못해 다니던 학교에서 친구들과 자주 싸웠고, 그때마다 보건실에 가서 쉬었다고 했다. 전학 온 이유도 환경을 바꿔주면 나아질까 하는 기대 때문이라고. 승수는 소아 당뇨를 앓고 있다.

승수는 학교에서 하루 두 번 혈당 측정과 인슐린 주사를 맞아야 한다. 소아 당뇨병을 가진 아이들이 4학년쯤 되면 규

칙적으로 당을 측정하고 주사를 맞는 것과 달리 승수는 그렇지 못한 상태였다. 편식이 심하고 식사량과 식습관이 불규칙해서 저혈당과 고혈당이 반복되는 악순환이 계속된 것이다.

그러다 보니 더 자주 혈당검사를 하게 되고 아이는 반복되는 검사에 지친 상태였다. 열 손가락을 너무 자주 찔러 피가 잘 나지 않을 정도로 굳은살이 배겼다. 저혈당으로 쓰러지기 직전까지 가서 놀란 적이 한두 번이 아니었다.

그렇게 매일 혈당 측정을 위해 아이와 실랑이를 벌이며 한 달을 보내던 어느 날, 표정만 봐도 저혈당으로 온 것인지 알아갈 무렵 승수가 얼굴이 붉으락푸르락해져서 내려왔다. 승수 말에 의하면 동아리 시간에 오카리나를 불다 틀리면 모든 아이들이 자신만 쳐다본다는 것이다. 그래서 화가 나서 책상을 걷어차고 교실을 나왔다고 했다. 틀려도 부끄러운 게 아니라고 말해주었지만 승수에게 위로가 되는 것 같지는 않았다. 승수는 침대에 누웠다, 휠체어에 앉았다, 심심해서 어쩔 줄을 몰랐다. 보건실에 있는 그림책을 책꽂이에서 뽑아 주었으나 읽고 싶지 않다며 도로 꽂아두었다. 보건실의 기구들을 하나하나 만지다가 내 옆에 와 서더니 문득 책상 유리 아래에 끼워져 있는 말린 나뭇잎 몇 장에 시선을 고정하고 물었다.

"선생님, 낙엽이 왜 여기 있어요?"

"응, 예뻐서."

"근데 선생님은 이상한 걸 좋아하세요?"

"왜?"

"이거 벌레 먹었잖아요."

"아, 그래? 나는 벌레 먹은 나뭇잎도 예쁘던데?"

"와! 선생님 진짜 이상한 거 좋아하는 거 맞다."

"맛있으니까 벌레가 먹었을 거 같지 않니?"

"아… 진짜 그럴 수도 있겠네요."

승수는 벌레 먹은 나뭇잎 한 장을 뚫어지게 쳐다보았다. 내가 나뭇잎을 꺼내주자 승수는 눈앞에 가까이 대고 앞뒤로 뒤집으며 요리조리 살펴보았다. 나뭇잎을 살며시 책상에 내려놓으며 말했다.

"선생님, 우리 동네에 예쁜 나뭇잎 진짜 많은데, 제가 내일 나뭇잎 한 오백 장 가져다 드릴까요?"

"그렇게나 많이? 괜찮아. 근데 승수야, 심심하면 이 나뭇잎이라도 그려볼래?"

"네, 좋아요. 저 악기는 못해도 그림은 쫌 그려요. 피아노도 치다가 손가락이 너무 아파 그만뒀거든요. 이 큰 나뭇잎과 벌레 먹은 나뭇잎을 그려볼래요. 이거 제 손바닥보다도 더 커요."

승수는 나뭇잎에 손바닥을 대보았다.

"그래? 잘 됐네. 이건 운동장 끝에 있는 버즘나무야. 본 적 있어?"

"네, 저쪽 저 나무 맞죠?"

승수는 창가로 뛰어가 운동장 가장자리에 있는 나무를 가리켰다. 승수는 책상 앞에 앉아 나뭇잎을 펼쳐놓고 그림을 그리기 시작했다. 버즘나무 잎은 진한 갈색을 입혔다. 대왕참나무 잎은 붉은색으로 칠했는데 벌레 먹은 그물 무늬가 세밀하게 묘사되어 있었다. 승수는 완성된 그림을 보여주고는 집에 가서 엄마한테 자랑할 거라며 그림을 들고 교실로 뛰어 올라갔다.

다음 날, 승수가 등굣길에 가방을 멘 채 보건실에 왔다.

"선생님, 뭐 드릴 게 있어가지고요."

"뭔데?"

승수는 가방을 바닥에 내려놓았다. 그리고는 가방 안에서 나뭇잎 한 줌을 수북이 꺼내 책상 위에 올려놓았다.

"와, 예쁘다! 승수네 동네 나뭇잎이니?"

"네. 맞아요. 잘 살펴보시면 아마 벌레 먹은 것도 몇 장 있을걸요."

승수는 가방 지퍼도 잠그지 않고 서둘러 보건실을 나가며 말했다.

"선생님, 오늘은 아침도 다 먹고 와서 당은 안 떨어질 거예요. 시간 맞춰 피 빼러 올게요."

하나의 낙엽이 떨어지는 것을 보고 천하의 가을을 알 수 있듯 작은 행동 하나를 관찰하면 그 아이를 좀 더 알 수 있다. 알면 사랑하게 된다.

10월의 어느 쌀쌀했던 날, 승수가 저혈당으로 보건실에 왔다. 승수는 창가에 기대 내가 타준 김이 모락모락 나는 코코아 한 잔을 마셨다. 그때 소파에 앉아 있던 같은 학년 두 명이 승수에게만 코코아를 타주냐며 따지듯이 나에게 물었다.

"선생님, 왜 쟤만 맛있는 거 줘요?"

내가 대답을 준비하기도 전에 승수가 말한다.

"당뇨야. 너네도 코코아 먹고 싶니? 이거 먹으려면 손가락 쿡 찔러서 피검사 하루에 여섯 번씩 해야 해. 혈당 떨어져서 선생님이 타준 거야."

아이들의 표정이 갑자기 굳었다. 그러곤 슬며시 일어나보건실을 나가며 서로에게 말했다.

"야, 진짜 아프겠다."

"그러게, 쟤 축구 되게 잘하는 앤데…. 난 당뇨 아닌 게 정말 다행이다."

아이 둘이 나가자, 승수가 말했다.

"선생님, 오늘처럼 추운 날 당 떨어지는 게 아주 가끔 좋을 때가 있어요."

매일같이 보는 승수는 대체로 밝은 편이었지만 혈당이 높아져 스스로 인슐린을 주사할 때는 생각에 깊이 잠겨 있는 듯 보였다. 언젠가 풀이 죽어 소파에 앉아서 차분한 목소리로 이런 말을 한 적이 있다.

"선생님, 세종대왕은 당뇨로 죽은 거래요. 그래서 당뇨는 부지런하게 하는 병이래요. 내가 축구를 진짜 잘해서 축구공을 뻥 차면 그게 우주까지 날아가서 별똥별인 줄 알고 저처럼 아픈 아이들이 소원을 빌면 그 소원이 이루어졌으면 좋겠어요. 소원은 발끝에서 이루어진대요."

아이의 말과 표정에서 슬픔과 희망을 함께 읽을 수 있었다.

승수는 그렇게 졸업까지 2년간 저혈당과 고혈당을 반복하며 보건실을 드나들었다. 당 검사 결과가 '481'이 나와 인슐린 4단위를 맞았던 날, 아이의 두통이 심해져 승수 어머니께 전화를 했다. 아이를 야단치는 목소리가 고요한 보건실을 순식간에 깨웠다. 음식 만들기 실습이 있을 땐 늘 먼저 인슐린 주사를 맞았는데 오늘은 주사를 맞지 않고 음식을 만들어 먹은 것이다. 하지만 나름 조절하려고 점심도 먹지 않았는데 당이 이렇게 높게 나왔으니 아이로선 당연히 속상할 터. 그런데 야단까지 들어야 하니 오죽 속상할까. 아이는 아이대로 어머니는 어머니대로 마음이 안 좋을 것이다. 아이가 전화를 끊고 침대에 누워 초점 없는 눈으로 천장을 바라보았다. 아이의 눈가에 살짝 눈물이 맺혀 있었다.

쓰레기통에 올라가고, 침대를 트램펄린 삼아 뛰던 아이가 졸업할 무렵엔 보건실 단골 아이들의 이름을 알고 치료 순서를 정해줄 만큼 보건실의 주인 같은 아이가 되었다. 나는 어떤 날엔 아이에게 마음을 다해 친절히 대해주었고, 또 어떤 날은 밀려오는 아이들에 지쳐 무심했던 날도 있었다. 승수는 나와 친해진 후엔 마술을 익혀와 보여주기도 하고, 내가 자리를 비운 사이 화분에 물을 주기도 했다.

운동장 버즘나무 잎이 누렇게 물들 때면 그 아이의 손바닥이 버즘나무 잎만큼 자랐을지 궁금해지곤 한다.

선생님,
따랑해요

4월 말 햇살이 내리쬐는 늦은 오후였다. 아무도 없는 운동장에 배가 남산만 한 아이가 땅바닥에 등을 대고 하늘을 향해 누워 있었다. 자세히 보니 지헌이다. 지헌이는 큰 대 자로 누워 눈을 감고 있었다. 따사로운 햇살이 지헌이의 얼굴로 흘러내렸다. 오후의 햇살은 비스듬해 볼록한 배를 더욱 도드라지게 했다. 지헌이는 한참 동안 움직임 없이 두 팔과 두 다리를 땅바닥에 내맡긴 채 누워 있었다. 5분이 지났을까, 옷 속에서 공을 꺼내더니 하늘을 향해 던졌다가 다시 받기를 서너

차례 반복했다. 그러곤 또다시 5분 정도 하늘을 향해 누워 있다 벌떡 일어나, 공을 땅에 내려놓고 오른발을 공 위에 얹었다. 잠시 뒤 골대를 향해 힘껏 공을 차고는 뒤돌아서 느티나무를 향해 걸어갔다. 뒤집혀 있던 가방을 짊어지고 그대로 교문 밖으로 사라졌다.

그날 오전에 지헌이네 반 성교육이 있었다. '생명의 탄생' 단원을 수업하던 중 임신 체험복을 입어보는 활동이었다. 임신 체험복을 입고 누웠다 일어나보거나 물건을 줍는 활동을 해보는 시간이었다. 임신한 여성의 일상 속 어려움을 간접적으로나마 느껴 부모님께 감사한 마음을 갖게 하려는 의도로 계획한 수업이다. 대부분의 아이들은 웃으며 즐거워했고, 엄마가 힘들었겠다며 공감의 표현을 보였다. 남자아이들 대부분이 서로 체험복을 입어보겠다고 장난을 쳤지만 평소와 달리 지헌이는 금세 표정이 어두워졌다. 친구들이 체험복을 입은 모습을 보며 깔깔거리고 웃을 때, 지헌이는 멍하니 창밖을 한참 동안 내다보며 무슨 생각인가에 골똘히 빠져 있는 것처럼 보였다. 나는 그 수업이 지헌이에게 불편할 수도 있겠다는 생각이 들었다. 하여 더 많은 아이들에게 체험의 기회를 주고 싶었으나 더 체험해보고 싶은 사람은 보건실로 따로 오라고 말하고 얼른 활동을 마무리했다.

지헌이를 처음 만난 건 2학년 때이다. 배가 아파 보건실에 왔을 때 누가 데리러 올 수 있냐고 물으니 엄마는 미국에 가서 데리러 올 수 없고 할머니가 오실 수 있다고 했다. 눈이 오면 꼭 온다고 약속했다며 눈은 얼마나 추워야 오냐고도 물었다. 두 해가 훌쩍 지나 눈이 몇 번은 왔는데 아직도 엄마를 만나지 못했다.

지헌이는 할머니, 아버지와 함께 산다. 가벼운 상처, 복통, 감기 등은 보건실 약 몇 번으로 견디곤 했다. 언젠가는 충치로 치통이 생겼는데도 치과에 가기 어려워 진통제를 먹으며 사나흘을 견딘 후 치과에 간 적도 있다. 보건실을 자주 드나들다 보니 손에 생기는 작은 상처들은 제 스스로 밴드를 붙이고 가기도 했다.

그렇게 지내던 지헌이가 6학년 말이 되어갈 무렵, 보건실에 와서는 들뜬 목소리로 새엄마가 생길지 모른다고 말했다. 새엄마를 기다리는 눈치였다. 몇 주 후 말끔해진 모습으로 못 보던 옷을 입고 왔다. 아침도 먹고 왔다고 했다. 새엄마가 온 것이다.

그 후로 지헌이는 아플 때, 병원에 갈 수 있냐고 물으면 "못 가요" 대신 "엄마한테 물어볼게요"라며 웃었다. 그 말을 할 때 지헌이 얼굴에 번지는 미소가 무척 보기 좋았다.

하지만 지헌이의 밝은 미소는 그리 오래가지 않았다. 다시 서서히 옛날 모습으로 돌아가기 시작했다. 나도 예전처럼 아이가 치료해달라는 대로 웬만하면 치료해주고, 감기약을 달라고 하면 더 묻지 않고 약을 줬다. 그 후 상담선생님으로부터 지헌이가 아무래도 새엄마와 잘 지내지 못하는 것 같다는 말을 들었다.

이듬해 3월, 내가 잠시 보건실을 비운 사이, 누군가 보건실 보조 기록부에 삐뚤빼뚤 이름도 안 쓰고 한 줄을 남기고 갔다.

'선생님 따랑해요(♡) 다음에 다시 올게요.'

나는 지헌이의 글씨체, 날림체를 기억한다. 그 후 지헌이를 만나지 못했지만, 언제나 당당했던 그 모습으로 잘 살아가면 좋겠다. 흙 묻은 양말을 신은 채 저벅저벅 보건실로 들어오던 지헌이. 비와 땀에 흠뻑 젖어 "저는 비 맞으면서 축구하는 것도, 비 맞고 다니는 것도 왠지 재밌어요. 답답한 게 다 사라지는 것 같아요"라고 말하던 지헌이. 엄마는 누구에게나 당연히 있는 존재가 아니라는 걸 알게 한 지헌이가 어디에서 무엇을 하든 당당한 날림체처럼 자신만의 빛깔을 잃지 않고 살아가길 바란다.

오늘 안녕이
영영 안녕일 수
있어

점심을 먹다가 정수가 학교에 오지 않는다는 말을 들었
다. 서너 숟가락 밥을 먹고 더 이상 넘어가지 않아 숟가락을
놓고 말았다. 정수 아버지가 며칠 전 학교에 찾아왔는데, 정
수의 영정사진으로 쓸 사진이 없어 2년 전 담임선생님한테
사진을 받으러 다녀갔다고 한다.

크리스마스 이틀 전에도 찾아왔던 아이, 선생님은 3월에
도 여기 계시냐고, 계시면 3월에 다시 오겠다던 아이, 그렇게
일찍 갈 줄 알았더라면 아이가 좋아했던 간식이라도 넉넉히

채워 줄걸, 그때 바쁘더라도 좀 더 찬찬히 이야기를 들어줄
걸….

　정수가 졸업을 한 지는 2년이 됐고 정수가 병을 얻었다
는 사실을 안 것은 1년 전 가을이다. 아이는 졸업 후 계절에
한두 번 꼴로 나를 찾아왔는데 오기만 하면 늘 배가 고프다고
했다. 그때마다 초콜릿이며 과자를 건넸는데 어느 날 갑자기
고개를 저으며 더 이상 초콜릿은 먹을 수 없게 됐다고 말했
다. 뇌전증 진단을 받았으며 병원에서 초콜릿은 좋지 않다고
주의를 주었다는 것이다. 나는 대신 사과 한 알을 씻어 주었
다. 정수는 사과를 껍질째 와작와작 씹으며 집으로 돌아갔다.
　그 후 정수는 두어 번 더 왔다. 올 때마다 고등학교에 가
고 싶지 않다고 했다. 이유즉슨 하루빨리 돈을 벌어야 하기
때문이라는 것이다. 어차피 주위에 다 나쁜 애들밖에 없고 그
애들처럼 되느니 차라리 안 가는 게 낫다고도 푸념했다. 그때
마다 아이의 사정이 짐작은 갔지만 내가 해줄 수 있는 건 현
실적인 조언밖에 없었다. 아직 결정할 시간이 많이 남았으니
나중에 후회하지 않는 방향으로 결정하라고, 담임선생님 또

는 진로선생님께 진로 문제를 상담해보라고 조언했다. 중학교를 졸업한 자신과 고등학교를 졸업한 자신을 상상해보라고도 했다. 그때마다 정수는 별로 귀담아듣는 것 같지 않았다. 정수에겐 이미 얼굴에 깊은 어둠이 드리워져 있었으며, 어린 아이에게 잘 보이지 않는 어떤 그림자가 느껴졌다.

정수를 알게 된 건 정수가 4학년 때다. 키가 또래 아이들보다 많이 작은 편이고 얼굴은 노르스름하며 까맸다. 얼굴부터 목덜미로 크고 작은 갈색 점이 많았다. 가끔 저학년 아이들이 보건실에 오면 수군대기도 했다. 세탁이 덜 되었거나 계절에 맞지 않는 옷을 입고 다니는 모습을 자주 볼 수 있었다. 방과 후엔 집으로 바로 가지 않고 학교 이곳저곳을 배회하는 모습을 종종 발견했다. 아이는 먼 거리에서 통학을 하는데 늘 걸어서 다녔다. 퇴근할 무렵 걸어가는 모습을 보기도 했고, 출근할 때 등교하는 모습을 보기도 했다. 그때마다 아이는 늘 혼자였다. 누구와 함께 가는 모습을 단 한 번도 보지 못했다. 아이가 상대하는 사람은 주로 학교의 어른이었다. 담임교사, 사서, 상담교사 그리고 실무사들까지 학교의 모든 직원은 아이를 안쓰럽게 여겨 이것저것 챙겨주기도 했다. 그럴 때마다 정수는 하얀 앞니를 드러내며 넉살스럽게 웃곤 했다.

정수는 양치를 잘 하고 다니지 않아서인지 구내염을 자주 앓았다. 구내염이 생기면 다 나을 때까지 약을 바르러 왔다. 처음엔 한두 번 발라주고 집에서 바르거나 병원에 가라고 말했지만 아이는 그때마다 "할머니가 안 가요", "아버지가 몇 주 후에 와요"라고 답했다. 정수는 상담선생님이 오는 날엔 상담실로, 그 외의 날엔 보건실에 거의 매일 들렀다. 모든 신체적 불편함을 보건실에 와서 호소했다. 특별히 치료할 곳이 없을 땐 머리가 아프다는 둥, 잠을 못 잤다는 둥, 다리가 아프다는 둥 여러 구실을 대며 왔다. 그때마다 나는 보리차를 만병통치약인 양 마시게 하여 바로바로 교실로 돌려보냈다.

정수는 몸이 많이 아플 때조차도 병원에 못 가는 때가 대부분이었기에 가벼운 증상은 다 나을 때까지 치료해주는 걸 당연하게 생각했다.

정수가 마지막으로 왔던 날,
"정수, 고등학교 어떻게 하기로 했어?"

053

아이에게 먼저 물어보았다. 사업을 생각 중이라며 유튜브 게임 방송을 할 거라고 설명했다. 그래도 고등학교는 가야 하지 않겠느냐고 묻자,

"질 좋은 학교가 아니면 가지 말래요."

순간 아이가 무엇을 염려하는지 생각해보았다.

"어떤 부분 때문에 질이 안 좋다고 생각하는 거야?"

"괴롭히고 술 담배 하고 깡패 많은 학교니까요."

"그런 아이들을 만날까 봐 걱정되는구나. 아직 2학년이니 그래도 좀 더 생각해보는 게 어때?"

"전 안 가요. 전 애들이 저를 건드리면 받아버리거든요."

"괴롭히면 선생님께 말하거나 경찰에 신고해야지."

"아뇨, 아는 형이 그냥 맞으래요!"

"왜?"

"돈 뜯을 기회라고요."

"그건 아니야. 네 몸과 마음을 돈과 바꾸는 건 옳지 않아."

"근데 조금 마음이 훅 갔어요. 어차피 맞을 거라면 돈 뜯는 거 나쁠 거 없을 거 같아서요."

"그렇지 않아. 난 정수를 믿는다."

아이는 나를 안심시키려는 듯 억지웃음을 지어보였다. '어차피 맞을 거라면'이라는 말이 뱉을 수 없는 생선 가시처럼 목에 턱 걸렸다. 그럼에도 불구하고 아이에게 해줄 다른 말이 떠오르지 않았다. 결국, 평소 정수가 고민을 잘 털어놓는 사서선생님께 정수를 보냈다. 나보다 도움이 될 말을 해줄 것 같아서다. 나는 빌린 지 하루밖에 안 되는 책을 도서실에 반납해달라고 아이에게 건넸다. 아이는 보건실을 나가며 물었다.

"선생님, 내년에도 계시나요?"

"응~ 내년까지."

"그다음은요?"

"그때 가봐야 알아. 안녕."

"…."

아이는 환하게 웃으며 나갔다. 그 모습이 정수와의 마지막 만남이다.

그렇게 잠깐의 '안녕'이 영영 안녕일 수 있다는 것을, 그게 아이들에게도 예외가 아니라는 것을, 우리 모두 죽음을 향해 가고 있다는 진실을, 짧은 삶을 살다간 정수를 통해 깨닫게 되었다. 중학교를 졸업한 정수를, 고등학교를 졸업한 정수를, 이제 내가 대신 상상해본다.

아이들을 볼 땐,
사진 찍을 때처럼

사진을 찍을 때 렌즈의 성능보다 중요한 것이 사진가의 움직임이듯 보건실에서 아이들을 볼 때도 그렇다. 훌륭한 장면 하나를 찍으려고 사진가는 오래 기다리기도 하고, 무릎을 꿇거나 땅바닥에 누워 찍으며 몸을 아끼지 않고 피사체에 다가간다. 몸이 고달프면 비교적 원하는 사진을 건지듯, 보건실에서도 내 몸이 고달프면 대체적으로 아이들은 좀 더 좋은 서비스를 받게 된다. 일어서서 아이에게 다가가야 할 때가 있고, 앉아서 아이를 보는 게 좋을 때도 있고, 떨어져서 거리를 두고 봐야 할 아이도 있다. 때론 무릎을 쪼그리고 앉아 넘어진 아이를 일으켜야 할 때도 있다. 아주 가끔은 응급상황이 와서 내 몸에 장착한 모든 감각 렌즈를 풀가동하여 아이에게 최대한 가까이 다가가 무엇인가를 찾으려고 애써야 할 때도 있다. 예를 들어, 쓰러진 아이의 맥박과 호흡을 확인하는 것, 눈에 들어간 아주 작은 티끌을 찾아내는 것, 손바닥의 투명 가시를 찾아내는 것. 안검 속에 숨겨진 연필심을 찾아내는 것, 손가락 깊숙이 박힌 유리 파편을 찾아내는 것…. 이런 것들은 정말 뿌듯한 일이 아닐 수 없다. 남아 있으면 큰일 날 것들을 내 눈으로 찾아 꺼내줄 수 있다는 것, 아주 작은 것을 발견하는 일은 얼마나 위대한 일인가를 느끼곤 한다. 그냥 두었을 때 더 큰 문제가 발생하는 것을 방지하는 일이다.

내 몸에 장착된 작은 카메라 두 개, 비문증이 있어 얼룩이는 나의 두 눈, 나의 카메라는 낡고 용량도 달려 아이들이 끝없이 쏟아지는 날엔 충혈되고, 흐릿해질 때도 있다. 마음의 렌즈도 더 자주 닦아주지 않으면 밀려드는 업무와 아이들에 치여 뿌예지기도 한다.

사진을 찍을 때 목적에 따라 렌즈를 바꾸면 좀 더 훌륭한 사진을 얻을 수 있듯, 한꺼번에 대여섯의 아이들이 몰려올 때와 단 한 명이 왔을 때는 보는 방식이 다르다. 여러 명이 한꺼번에 몰려왔을 땐, 늦게 왔더라도 더 급한 상황에 처한 아이를 먼저 가려내어 봐야 한다. 그럴 땐 부감(high angle)의 방법으로 아이들을 전체적으로 훑은 후에 목소리 톤을 약간 높여 순서를 정해준다. 이럴 땐 친절보다 위엄이 빠르고 정확한 일처리에 도움이 된다.

많은 아이들이 동시에 보건실에 있을 땐 내 눈을 피해 키를 재는 아이, 침대에서 장난치는 아이, 물을 마시는 아이, 시력표 앞에서 눈 가리고 시력을 측정하는 아이도 있다. 그럴 땐 얼른 내 눈을 광각렌즈로 바꿔줘야 한다. 한 명이 시무룩해하며 머뭇머뭇 조용히 들어올 땐 줌렌즈로 교체해야 한다.

그렇게 카메라 렌즈의 종류와 사진가의 자세처럼 나를 능동적으로 움직이는 일이 중요하다.

아이들을 볼 땐
그림자도 함께 보기를,

그림자가 얼마나 큰지
알아보기를,

그림자가 너무 커,
그림자가 없는 줄 착각하지 않기를.

쏟아지는
아이들

학교에서 쓰는 보건일지 프로그램은 물리적 처치 위주로 입력하게 되어 있다. '이름, 아픈 곳, 처치.' 이 양식을 배가 아픈 아이로 쓴다면 이렇게 기록한다. '김보통, 복통, 온찜질 또는 온수, 투약.' 정말 간단하다. 그런데 아이에 따라 설사로 인한 복통, 전날 매운 떡볶이를 먹어 생긴 복통, 변비, 위염, 혹은 배가 고파서일 수도 있다. 그보다 더 많은 종류의 복통은 흔히 말하는 꾀병이다. 초등학생에게 꾀병은 병이다. 스트레스가 복통의 가장 흔한 이유 중 하나이기 때문이다. 타당한 증거로 약을 먹이지 않고 물 한 잔만 마시게 하거나 잠깐 쉬게 하면 아이들 열 명 중 대여섯 명은 금방 낫는다. 아이들이 오면 한 명 한 명 어제 이야기를 들어보고 아침에 먹은 것, 지금 무엇을 하다 왔는지, 전에도 아팠는지 캐묻고 아이에 따라 처치를 달리하지만 처치에 대한 기록은 모두 한결같다.

매일 하루 30분 이상 시간을 들여 보건일지를 입력하면서도 내가 한 일이 충실히 기록되지 못한다는 것에 늘 못마땅했다. 사실 보건일지 한 권 속에는 다양한 이야기가 들어 있고, 사건이 있고, 아이들의 표정이 있는데, 의례적인 기록물로만 남는 것이 아쉬웠다. 보건일지는 기록물 자체로 증빙 자료가 되기 때문에 의미는 있다. 보통 보건일지라는 기록물의 용도는 다친 아이가 생겨 안전 공제회에서 추가 제출 자료 요구가 있을 때, 신체적 학교 폭력의 증거자료로 제출할 때, 정보공시 통계자료로 입력할 때 정도다. 다만 그 기록물이 일에서의 성취감이나 뿌듯함을 주지는 못했다. 많은 시간과 노고가 들어가지만, 최종 결과물로 쓸모가 별로 없는 기록물이란 뜻이다. 하여, 언젠가부터 틈이 나는 대로 아이들의 다양한 모습을 내 방식대로 기록했다. 정확히 말하면 해를 더할수록 보건 업무라는 일로부터 소외되어가는 나를 위해 기록했다고 말하는 것이 옳을 것이다. 그게 글쓰기의 시작이 되었다.

특별한 아이들에 대한 구체적 기록은 어떤 방식으로 아픈 아이를 대했는지 돌아보게 하고 다음에 그 아이를 다시 만났을 때 더 쉽게 기억해낼 수 있는 단서가 되었다. 기록의 대상이었던 아이이기에 좀 더 사랑스러운 눈으로 바라보게 된다. 아무리 바빠도 아이들 자체를 미워하지 않게 되었다.

월요일은 아이들이 많이 와서 되도록 보건 수업 시간은 일정에서 제외한다. 월요일과 금요일은 급한 일이 아니면 보건 업무를 계획하지 않고 오로지 아이들만 본다. 아이들에게만 집중하며 보건일지 외에 핸드폰 메모장에 틈틈이 메모를 남겼다가 집에 돌아와 메모를 보며 글을 쓴다.

어느 해 7월 7일, 비가 왔던 금요일 하루를 시간 순서로 기록해보았다. 보통 비 오는 금요일은 다른 날보다 아이들이 적게 오는 날이다. 바깥에 나가서 놀지 못해 다치는 아이들이 적고, 금요일이라 수업을 마치면 일찍 귀가하기 때문에 늦은 오후에는 다른 날보다 적은 편이다. 오래전 지인 중 누군가는 나의 일을 밴드나 붙여주면 되는 쉬운 일, 요즘 말로 '꿀직업' 아니냐고 말한 적이 있다. 지금 말하지만 내가 보건교사를 하는 동안 그런 날은 단 하루도 없었다. 습한 장마가 시작된 이 날은 아침부터 비가 오락가락했다. 어제처럼 복작대지 않는 날이길 기대하며 창문을 열고 하루를 시작했다.

8:30~9:30

첫 번째 아이가 들어온다. 아침에 속이 좋지 않아 빵을 먹으려다가 요거트를 먹었는데 속이 쓰리고 더 불편해졌다고 한다. 약을 준다. 약을 꼭 필요로 하는 아이들이 가끔 있다. 그런 아이들에겐 진짜 약을 줘야 한다.

두 번째 아이가 들어온다. 발목이 아프다고 왔다. 붓지 않았다. 근육 관절통에 바르는 젤을 발라준다. 오늘 육상 선수를 뽑는데 뛰어도 되는지 묻는다. 뛰면 더 아플 수 있으니 안 하는 게 좋지 않겠냐고 말해주었다. 아이가 걱정스러운 표정으로 나간다.

세 번째 아이가 들어온다. 목도 아프고 코도 막힌다고 한다. 열은 없다. 학교에서 감기약은 잘 안 주지만 아이는 평소 병원에 잘 가지 못하는 형편이다. 분명히 내일 또 올 거라는 걸 여러 해 만난 경험으로 안다. 종합감기약을 투약한다.

네 번째 아이가 들어온다. 목덜미가 아프다고 한다. 참아보라고 말하면 꼭 다시 오는 아이다. 관절통에 바르는 젤을 발라준다. 머리카락은 어떻게 하냐고 묻는다. 잡고 있다가 내리라고 말해준다.

선생님 한 분이 들어온다. 주차장에서 발가락을 부딪혔다고 한다. 검붉다. 멍든 데 바르는 약을 발라주고 신축성 있는 얇은 붕대로 서너 겹 감아준다. 냉찜질이 필요할 것 같은데 괜찮다며 나간다.

다섯 번째 아이가 들어온다. 두통이나 복통, 어깨 목 등이 아프다고 오는 아이다. 오늘은 평소보다 표정이 어둡다. 긴 생머리에 패셔너블한 옷차림에 핑크색 크로스백을 하고 온 이 아이는 주 3회 이상, 어떤 주에는 거의 매일 온다. 오늘은 참기가 어렵냐고 물었더니 그렇다고 한다. 약을 달라고 한다. 두통약을 먹인다.

여섯 번째 아이가 들어온다. 배가 아프다고 한다. 열도 없고 많이 아파 보이지 않는다. 늘 그랬던 것처럼 적외선 찜질 15분이면 낫는 아이다.

일곱 번째 아이가 들어온다. 들어올 때부터 울먹울먹, 눈물이 그렁그렁하다. 어제 오후에 열이 많이 났으나 부모님이 오지 못해 해열제를 먹고 두어 시간 누워 있던 아이다. 오늘은 배도 아프다고 한다. 보통은 담임교사를 통해 부모님께 연락하는데 이 아이는 몇 번 나와 통화했던 아이라 직접 전화를 한다. 열도 나고 설사도 하니 오늘은 병원에 데려가는 게 좋겠다고 말한다. 담임교사에게 통화한 사항을 알리고 아이를 보낸 다음 컴퓨터 앞에 앉는다. 앉자마자,

여덟 번째 아이가 들어온다. 모기에 물린 곳이 대여섯 군

데다. 버물리를 열어주고 바르라고 한다. 버물리 같은 약은 아이들이 스스로 바르게도 한다.

9:30~10:15

여덟 명을 처치하고 자리에 앉았다. 건강검진 등 각종 검진 통계 등을 확인하려고 모니터를 켠다. 켜자마자,

아홉 번째 아이가 들어온다. 얼마 전에 얼굴을 부딪쳐 오른쪽 눈 옆에 크게 멍이 들었던 아이다. 오늘은 배가 아프다고 한다. 적외선 찜질을 10분 하고 얼굴이 환해져서 올라간다.

열 번째 아이가 들어온다. 오른쪽 손을 강아지에게 물렸는데 손이 떨려 글씨를 못 쓰겠다고 한다. 상처는 드레싱이 되어 있다. 다행히 많이 다치진 않았다고 한다. 아픈 손이라 신경이 집중되어 아무래도 힘을 주기 힘들 것이다. 아이에게 오늘은 글씨 쓰는 것을 자제하고 참아보라고 한 뒤 보낸다.

열한 번째 아이가 들어온다. 깁스한 오른쪽 다리의 붕대가 회색이다. 비까지 스며들어 보건실에 발자국을 척척 남기며 다가온다. 아이를 앉히고 붕대를 푼다. 뽀송뽀송 새 붕대를 감고 하얀 반창고를 붙이니 내 마음도 함께 뽀송뽀송해지는 느낌이다.

열두 번째 아이가 들어온다. "선생님, 추워요. 아침에 비를 맞고 왔어요"라고 말한다. 등교 시 비가 왔는데 우산을 안 쓰고 걸어왔다고 한다. 입술이 파랗다. 열은 없다. 따뜻한 물을 한 잔 주고 이불을 덮고 조금만 누워 있으라고 한다.

열세 번째 아이가 들어온다. "선생님, 맨날맨날 머리가 아파요." 상담선생님이 안 오는 요일에 매일 오는 1학년 남자아이다. 아픈 곳도 한결같이 머리다. 교실에 데려다줘도 바로 다시 온다. 교실에만 들어가려 하면 머리가 아프다고 한다. 보건실 소파에서 잠시 그림책을 읽으라고 둔다.

열네 번째 아이가 들어온다. 모기 물린 데가 진물이 나고

약간 부어 있다. 식염수로 닦아내고 연고를 바른 후 밴드를
붙인다.

열다섯 번째 아이가 들어온다. "선생님, 과학실 가다가
친구 유리 물병이 깨지면서 유리가 들어간 건지 다치기만 한
건지 모르겠어요." 복숭아뼈 위로 선홍색 피가 흐른다. 살펴
보니 다행히 유리는 없고 날카로운 상처가 길게 나 있다. 상
처가 깊지 않아 지혈이 금방 됐다. 붕대를 얇게 감는 걸로 마
무리하여 보낸다.

열여섯 번째 아이가 들어온다. "선생님, 어제 태권도 하
다가 부딪쳤는데 어깨를 움직이지도 못하게 아파요." 팔을
돌리는 데 이상은 없어 파스를 뿌려준다.

열일곱 번째 아이가 들어온다. 종아리에 상처도 가시도
보이지 않는데 따갑다고 한다. 식염수로 닦아내주고 연고를
발라준다.

열여덟 번째 아이가 들어온다. "선생님, 어제 지수랑 성민이랑 놀이터에서 밧줄 타고 놀다가 놓쳐서 허리 아래를 세게 부딪쳤어요." 평소 과하게 놀다가 다쳐서 종종 오는 5학년 여자아이 삼총사 중 한 명이다. 멍이 시퍼렇게 들었다. 멍보다는 허리 통증을 호소하여 적외선 찜질을 해주고 멍에 바르는 젤은 다리에 발라 보낸다.

이렇게 아이들 처치를 하는 동안 열세 번째 아이는 소파에서 책을 보고 있고 그사이 교무실 직원이 들어와 아이의 손을 잡고 나간다. 교실에 데려다주려는 것이다.

10:15 잠시 고요가 찾아온다. 물을 한 잔 마신다.

10:25 고요는 10분 만에 깨진다.

열아홉 번째 아이가 들어온다. "선생님, 어제, 또 어제부터 목이 아프고 기침이 나서 병원에도 가고 약도 먹었는데 힘들어요." 1학년 아이가 다가와 말한다. 약을 먹고 왔다고 하니 물을 먹이고 침상 안정을 하도록 한다.

스무 번째 아이가 들어온다. 감기약을 먹었는데 목에 뭐가 걸린 거 같다고 한다. 펜 라이트로 목구멍을 들여다보니 목이 많이 부었다. 따뜻한 물을 먹이고 소독제 가글도 한 번 시킨다. 아이가 인사를 하고 나간다.

10:40~11:00

스물한 번째 아이가 들어온다. 쉬는 시간이 되자마자 들어온 아이는 아까 머리가 아프다고 왔던 1학년 열세 번째 아이다. 아이의 손을 잡고 교실로 데려다주었다. 그런데 이번엔 담임선생님이 보낸 거라고 한다. 그래도 기왕 교실로 왔으니 좀 참아보라 말하고 돌아왔다. 그 사이 아이들이 보건실에 와 있다.

스물두 번째 아이가 들어온다. 발에 상처가 났다. 여러 군데 모기에 물려 있길래 벌레 물린 데 바르는 약을 발라주려고 뚜껑을 열자 아이는 그 약이 아니라고 말한다. "상처도 치료해줄 거야"라고 말하자 그제야 안심하는 표정을 보인다.

스물세 번째 아이가 들어온다. 머리가 아프다며 자주 오는 아이인데 친구 두 명을 항상 데려온다. 함께 오는 친구 둘은 올 때마다 키를 잰다. 어제도 다녀가고 며칠 전에도 키를 재고 갔다. 키는 매일 눈에 띄게 자라지 않는다고 하자 자기네는 그렇지 않다고 한다. 아이를 치료하고 보낸다. 수업 시간 시작종이 울린다.

스물네 번째 아이가 들어온다. 체육관에서 체육을 하다가 온 여자아이인데 뜀틀을 하다 세게 착지를 해서 발목이 아프다고 한다. 스프레이 파스를 뿌려주고 조심하라고 말한다.

스물다섯 번째 아이가 들어온다. "선생님, 체육 시간인데 배드민턴 치는데 어깨가 이상해진 것 같아요." 어깨를 돌려보게 한다. 잘 돌아간다. 파스를 뿌려주고 보낸다.

맨날맨날 머리가 아프다던 1학년 아이를 분명 교실에 데려다줬는데 어느 순간 또 들어와 소파에 앉아 있다. 담임선생님에게 메신저를 보낸다. '아이가 오면 언제든 메신저를 보내주세요'라고 했기 때문이다. 수업 시간에 슬며시 나가는 이 아이 때문에 담임선생님 걱정이 이만저만이 아니다.

스물여섯 번째 아이가 들어온다. 하루 전에도 배가 아프다고 왔었다. 물론 정서적 원인이 있어 그런 아이들이 많지만, 그 또한 따뜻한 안정감이 필요하기에 복통의 약 70퍼센트 이상을 낫게 하는 만능 치료기 적외선 찜질을 해준다.

11:00~11:50

스물일곱 번째 아이가 들어온다. 달리기를 해서 허벅지 근육통이 심하다고 한다. 스프레이 파스를 조금 뿌려준다.

스물여덟 번째 아이가 들어온다. 손목이 아프다고 왔던 6학년 아이이다. 붓지도 않았는데 아프다고 한다. 이렇게 두 번

오는 아이는 괜찮아 보여도 뭔가 다른 조치를 해주어야 한다. 테이핑을 짧게 해준다.

스물아홉 번째 아이가 들어온다. 어깨가 아프다는 1학년이 아이는 팔을 휘두르며 들어온다. 별로 아프지 않다는 증거다. 어깨를 내보이며 가까이 다가온다. 젤을 약간 발라준다. 휘두르면 더 아플 수 있다고 말해준다.

서른 번째 아이가 들어온다. 콧등에 뾰루지가 나서 가려달라고 한다. 가리지 않는 게 좋겠다고 말하고 여드름 연고를 발라준다.

서른한 번째 아이가 들어온다. 속이 울렁거린다고 한다. 어떤 아이들은 가끔 배가 고픈 것과 메스꺼운 느낌을 헷갈려 한다. 아이의 표정과 문진으로 알아본 결과 배가 고픈 것 같다. 물을 조금 주고 점심을 먹고 오는 게 좋겠다고 말한다.

11:50

보건실 문을 잠시 닫아두고 '보건선생님은 식사중'이라는 글자로 회전판을 돌린다. 15분 만에 점심을 먹고 돌아와 자리에 앉는다.

12:20~1:10

서른두 번째 아이가 담임선생님과 들어온다. 같은 반 아이가 팔을 휘둘렀는데 팔에 맞아 잇몸에서 피가 많이 났다고한다. 윗니가 흔들린다. 유치라 빠질 때가 다 된 것 같다. 잇몸에 큰 상처는 없다. 잇몸과 흔들리는 치아 사이에서 피가난 것이다. 지혈시키고 돌려보낸다. 퍼즐을 맞춰보니 아까 팔을 휘두르며 들어온 스물아홉 번째 아이가 원인인 것 같다.

서른세 번째 아이가 들어온다. 밥을 먹기만 하면 배가 아프다고 한다. 하루 전에도 왔던 아이다. 오늘은 꼭 병원에 가기로 했다며 오히려 나를 안심시키듯 말한다.

서른네 번째 아이가 들어온다. "우리 선생님이 열 재주래

요"라고 한다. 아마 부모님이 열을 재달라고 한 모양이다. 건강관리 쪽지에 '37.2도'라고 기록해서 아이 편에 보낸다.

서른다섯 번째 아이가 들어온다. 밥 먹기 전인데 두통이 있다고 한다. 항상 모자를 쓰고 다니는 이 아이는 아주 가끔 오는데, 뭘 해주지 않아도 금방 괜찮다며 가곤 한다. 소파에 앉아 잠시 책을 본다.

서른여섯 번째, 서른일곱 번째 아이가 들어온다. 머리가 아프다는 5학년 아이와 손가락에 물집이 잡힌 1학년 아이다. 동명이인이다. 이름을 부르자 둘이 동시에 쳐다본다.

서른여덟 번째, 서른아홉 번째 아이가 들어온다. 발목이 아파서 왔던 아이와 고양이가 할퀴었다는 아이다. 젤 종류를 발라주고, 고양이가 할퀴었다는 아이에게는 연고를 발라준다.

마흔 번째 아이가 들어온다. "아줌마"라고 나를 부르는 1학년 아이는 아마 보건실에 처음 온 듯하다. 배가 아프다고 한다. 따뜻한 물을 주고 온찜질을 해준다.

서른다섯 번째 아이가 시계를 보더니 나간다. 음식을 먹고 싶지 않아 급식 시간을 피하는 아이들도 간혹 있는데, 아이는 시계를 보고 있다가 급식 시간이 끝나는 시간에 맞춰 나갔다.

마흔한 번째 아이가 들어온다. 문을 슬며시 열고 살며시 와서는 모기약을 조심히 바르고 나간다.

마흔두 번째 아이가 들어온다. "선생님, 안약 넣어주세요." 다래끼가 난 1학년 여자아이가 약을 가지고 들어온다. 두 종류의 안약을 5분 간격으로 두 방울씩 넣어준다.

5학년 여자아이들 세 명이 들어온다. "선생님, 우리 오늘 패션쇼 하는데요. 수술 장갑 있으세요?" 아이들이 장갑 두 켤레를 얻어서 나간다.

마흔세 번째 아이가 들어온다. 팔에 꽤 깊은 상처가 있다. 드레싱을 해서 돌려보낸다.

마흔네 번째 아이가 들어온다. 개에게 물려 상처를 치료했던 아이가 드레싱이 떼어졌다 하고 약도 먹어야 한다며 약을 내려놓는다. 드레싱을 갈아준다.

마흔다섯 번째 아이가 들어온다. 어제 열이 나서 보건실에 누워 있다가 병원에 갔던 아이다. 점심 약을 안 가져왔는데 머리가 아프다고 한다. 열을 재보니 '38.6도'다. 집에 가도 저녁까지 아무도 올 수 없다고 하여 해열제를 먹여 침대에 눕힌다.

마흔여섯 번째 아이가 들어온다. 침을 삼킬 때 목이 아프고 머리도 아프다고 한다. 목을 들여다보니 목구멍이 빨갛게 부어 안 보일 지경이다. 열도 있다. 인후 스프레이를 뿌린다. 해열제를 먹이고 조퇴를 시킨다.

마흔일곱 번째 아이가 들어온다. 손목을 쓸려서 왔다. 드레싱으로 마무리한다.

마흔여덟 번째 아이가 배가 아프다며 들어온다. (나는 이 아이가 점심시간에 급식실에서 감자탕을 잔뜩 받아서 먹는 걸 보았다.) 과식해서 그런 거 같지 않느냐고 묻자, 고개를 끄덕인다. 비만이 있고 평소 음식을 두 번씩 받아 먹어 과식의 문제점에 대해 여러 번 이야기해줬던 아이다. 소화제를 준다.

마흔아홉 번째 아이가 들어온다. 상처 딱지를 이기지 못하고 늘 딱지에게 지는 아이다. 상처는 점점 커졌고 검붉은 피가 정강이로 흐른다. 이 아이는 여름이면 종아리가 상처투성이가 된다. 식염수로 피를 닦아내고 밴드를 붙여준다.

쉰 번째 아이가 들어온다. 발목이 부어 깁스한 아이가 꼬질꼬질 더러워진 붕대를 질질 끌며 들어온다. 새 붕대로 감아준다.

잠시 창밖을 본다. 비는 이미 그쳤다.

쉰하나, 쉰둘, 쉰세 번째 아이가 들어온다. 어지럽고 토할 것 같다며 땀을 뻘뻘 흘린다. 무엇을 했냐고 물으니 뱅뱅이를 타고 왔다고 한다. 밥 먹고 뱅뱅이를 타면 왜 좋지 않은지 말해주고 안정을 취하게 한다.

쉰네 번째 아이가 들어온다. 발목을 삐었다고 한다. 파스를 뿌려준다. 뛰어나간다.

쉰다섯 번째 아이가 들어온다. 손가락 마디가 부었고 가려워 죽겠다고 한다. 벌레 물린 데 바르는 연고를 넉넉히 발라준다.

행정실 직원이 들어왔다. 어제 벌레에 물렸는데 발목에 커다란 물집이 생겼다고 한다. 일회용 주삿바늘로 터트리고 소독하고 연고를 바르고 드레싱을 해준다. 보건실에 있던 아이들이 한 번도 본 적이 없다며 "누구예요?"라고 묻는다.

쉰여섯 번째 아이가 들어온다. 팔을 휘두르다 잇몸에 상처를 냈던 그 아이가 이번엔 무릎이 따갑다고 왔다. 아무 상처도 보이지 않는다. 식염수로 닦아주고 참아보자고 한다. 아이들은 싸웠든 실수로 누군가를 다치게 하든 그 아이가 괜찮은지 확인하러 오기도 한다. 그런데 직접 묻지는 않는다. 그냥 내 눈치를 살핀다. 나는 대체로 혼내기보다는 아이에게 '안심'이라는 약을 처방해준다. "잇몸은 원래 조금만 부딪혀도 쉽게 피가 나. 걱정할 정도는 아니야. 다음에 팔을 휘두를 땐 주위에 누가 있는지 먼저 살피면 돼. 미안하다고 사과는 했지?" 아이가 얼굴이 환해져서 뛰어나간다.

쉰일곱 번째 아이가 들어온다. 보건실에 수시로 찾아오는 1학년 여자아이가 목이 아프다고 왔다. "선생님, 물부터 마셔요?"라고 말할 만큼 내가 하는 처치의 절차를 아는 눈치 빠른 아이다. 스스로 물을 마시고는 그래도 아프다고 한다. 목구멍을 들여다보니 약간 빨갛다. 오후에 병원에 가라고 말하려다가 열이 없어서 그만두었다. 이보다 심할 때도 가지 않았기 때문이다. 인후 스프레이를 뿌려주고 물을 자주 마시게 한다.

나는 서서히 지쳐가고 있다. 느리고 길게, 그러나 퉁명스럽지 않게 말하려고 애쓰며 더욱 목소리에 힘을 줘 말한다.

쉰여덟 번째 아이가 들어온다. 복숭아뼈 아래 딱지를 떼서 피가 난다. 신발이 닿는 부위라 푹신한 거즈 드레싱 밴드를 붙여 보낸다.

1:50

5교시가 끝나는 시간이다. 이렇게 양치질 때를 자주 놓친다.

2:00

쉰아홉 번째 아이들 둘이 들어온다. 종아리에 파스를 뿌려달라고 한다. 물을 마시고 나간다. 이름도 둘을 섞어 세 글자로 줄여서 쓰고 갔다.

열이 나서 침상에 누워 있던 아이에게 같은 반 친구 세 명이 가방을 가져다주러 왔다. 아이들이 와서 알림장도 전해주고 가방도 들어준다. 사랑스럽다.

복도는 방과 후 시간을 기다리는 아이들이 올망졸망 모여 게임을 하느라 소란하다.

예순 번째, 아이가 가방을 메고 들어온다. 한겨울만 빼고는 양말을 신지 않는 이 아이는 거의 매일 온다. 아무렇지 않은데 아픈 아이다. 이런 아이가 힘들다. '나에게 관심 좀 주세요'라며 찾아오지만 밀려드는 아이들을 정해진 시간에 다 보려면 적당한 거리를 둬야 할 때가 있다. 오늘은 양말을 신어라, 참아봐라, 그런 건 괜찮다, 등등의 말을 하지 않고 파스만 뿌려서 돌려보낸다.

오늘도 무사, 그렇다면 감사한 날이다.

2

마음에도
반창고를
붙여줄게

세상에
예쁜 손은
없다

"선생님, 애가 손바닥이 많이 까졌는데 보건실에 안 가겠다고 해서 제가 데려왔어요."

5학년 여자아이가 친구 손에 이끌려 보건실에 왔다.

보통 초등학생 아이들이 손바닥을 다치는 경우는 넘어지면서 손바닥으로 땅을 짚거나 또는 그네를 타다가 물집이 생겨 피부가 벗겨지는 경우가 대부분이다. 손바닥이 다쳤다고 온 아이는 등굣길에 보도블록에서 넘어졌다고 한다. 그런데 바로 오지 않고 3교시가 지나서야 그것도 친구 손에 이끌려 보건실에 온 것이다.

손바닥을 펴보려고 하는데, 아이가 손을 주려 하지 않았다. 손을 보여줘야 치료할 수 있다고 말했지만 아이는 입술을 꾹 다물고 손을 보여주지 않는다. 그러자 함께 온 친구가 말했다.

"선생님, 지아는 원래 손바닥을 잘 안 보여줘요. 애들이 놀려서 그래요. 손바닥에 금이 엄청 많아요. 그래서 놀려요."

"손바닥에 손금이 많다고? 손금이 많다고 놀리는 걸 친구는 어떻게 생각해?"

"그야 말이 안 되죠. 손금은 사람마다 다르다던데요?"

"그렇지. 손금을 가지고 놀린다는 건 우스운 일이네. 지문이 다른 것처럼 손금도 다 다르지. 그러니 지문인식으로 신원을 식별하는 거지."

"맞아. 지아야. 그러니까 손 펴! 이제 손 펴라고!"

함께 온 친구는 지아와 친한 아이 같다. 지아가 다친 걸 알면서 치료하러 가지 않는 것이 답답했던 모양이다.

지아가 천천히 손을 올려 손가락을 붙인 채 손바닥을 조금 펴 보인다. 심폐소생술을 할 때 누르는 손꿈치 부위와 중지 손가락 마디가 꽤 넓게 까졌고 피는 말라 있었다.

"지아야, 손바닥을 더 넓게 펴보자. 그래야 밴드를 구겨지지 않게 붙이는데…."

지아가 오므렸던 손바닥을 서서히 펴 보였다. 친구의 말대로 지아의 손바닥은 보기 드물게 손금이 무척 많았다.

"지아야, 손금이 많은 건 부끄러운 게 아니야. 그러니 손바닥을 감추고 다닐 필요 없어."

아이가 손에 점점 힘을 주며 손바닥을 부챗살처럼 쫙 폈다.

"지아야, 선생님 손바닥 한번 볼래?"

치료를 마치고 지아에게 내 손을 보여주었다.

"와! 대박이다. 선생님 손금이 지아 너보다 더 많다."

친구가 놀라는 표정을 보이며 말하자, 지아가 눈을 동그랗게 뜨고 내 손바닥을 살폈다.

"선생님도 너만 할 때 친구들한테서 할머니 손 같다고 놀림받은 적이 있어. 스무 살 훨씬 넘어서도 남들에게 손바닥 보이는 걸 싫어했거든. 근데, 손금이 많다고 손을 쓰는 데 지장이 있는 건 아니잖아? 손은 아름다움에 앞서 기능이 더 중요한 신체적 기관이지. 우리 몸의 모든 기관이 그런 것처럼 말이야. 이렇게나 많은 손금을 가진 사람을 주위에서 좀처럼 볼 수가 없으니 얼마나 특별한 손이니? 흔한 손금이 아니니까 아마 금손이 될 거 같다. 선생님 손 봐서 알겠지만 나이가 든다고 훨씬 더 많은 손금이 생기지 않아. 좀 더 깊어질 뿐이지."

"야, 지아 너 그래서 뭐든 잘 만드는 거야? 금손이라서? 선생님, 지아는 진짜 손으로 못하는 게 없어요. 그림도 잘 그려. 클레이도 잘해. 떡볶이도 만들 줄 알아요."

지아가 슬며시 미소를 짓는다. 둘이 서로 손바닥을 펴 보이며 보건실을 나간다.

아이들이 나가고 다시 내 손바닥을 펴본다. 정말 굵고 가늘고 깊고 얕고 다양한 손금들이다. 살면서 나처럼 손금이 많은 사람을 보지 못했다.

중학교 1학년 때 담임선생님은 항상 지난 시간에 배운 내용들로 수업 전 쪽지 시험을 봐서 틀린 개수대로 손바닥을 때렸는데, 처음 회초리를 맞던 날 들은 말이 지금도 기억난다.

"넌, 손금이 왜 이렇게 많니? 손금 많으면 고생한다던데. 공부 열심히 해!"

그 후, 손바닥을 맞지 않으려고 공부했고, 쪽지 시험은 언제나 백점을 맞았지만 기분은 별로였다. 손바닥 맞기 싫은 것보다 선생님께 손바닥 내보이는 게 싫어서 공부를 했다고 하면 누가 믿겠나.

손등이니 손가락에도 주름투성이여서 어렸을 때는 빨리 나이가 들어 어른이 되면 다른 사람과 비슷한 손을 가지게 되는 걸까, 라는 생각을 해본 적도 있다. 하지만 나이가 들며 손도 함께 나이가 들어간다는 걸 알게 되었고, 내 손은 동일 연령대의 기준을 따르자면 언제나 나이 든 손이다. 사는 데 아무 지장 없는 손을 가지고 왜 그리 부끄러워했던지…. 하지만 사춘기 아이들에겐 그런 작은 것들, 누군가의 놀림이 상처나 고민거리가 되곤 한다. 나도 그랬으니까 지아의 마음도 충분히 짐작이 된다. 아이들은 자라면서 많은 상처를 받고 자라고 이렇게 손금으로도 상처를 받는다.

세상에 미운 손은 없다. 나쁜 것을 도모하는 손, 남에게 해를 가하는 손을 제외한 세상의 모든 손은 아름답다. 왜냐

하면 '아름답다'의 어원은 '앎'인데 사람이 다른 건 몰라도 자기 손을 모르지 않기 때문이다. 그러니 손은 예쁘다가 아닌 아름답다가 어울린다. 서로 다른 일을 하는 하나밖에 없는 귀한 손이다. 하물며 꼼지락꼼지락 무얼 배우는 아이들의 손은 두말해 무엇 할까.

나는 오늘도 아름다운 손으로 아이들의 귀한 손을 치료한다.

그림 속
아이스크림

"하나님, 오늘도 유나가 잘 이겨내어 좋은 상태를 유지할 수 있게 도와주세요. 하나님의 이름으로 기도합니다. 아멘."

"아멘."

요즘 두 달째 매일 같은 시간에 똑같은 기도를 듣는다. 유나의 어머니는 점심 전에 아이에게 주사를 놓으러 오는데 주사를 놓기 전에 아이의 두 손을 모아 쥐고 기도를 한다. 짧은 기도를 마치면 유나도 '아멘' 하고 눈을 뜬다. 어떤 날엔 아이의 어머니가 기도를 위해 눈을 감으면 기도문을 소리 없

이 따라 하기도 한다.

유나는 당뇨병을 가진 체구가 작은 2학년 아이다. 아이는 석 달 전 갑작스러운 탈수 증상으로 응급실에 실려 가게 되었다. 그날 유나는 당뇨 진단을 받고 일주일간 병원에 입원했다고 한다. 퇴원 후 유나는 인슐린을 맞아야 해서 가정에서 일주일간 좀 더 혈당 관리를 하고 등교를 하게 되었다.

앞으로 아이는 졸업할 때까지 학교에서 인슐린 주사를 맞아야 한다. 좀 더 편안한 환경에서 주사를 맞을 수 있도록 보건실 환경을 보완해야 했다. 파티션이 낮아 다른 아이들이 볼 수 있는 상태라 칸막이 커튼을 설치했다. 혈당측정기와 간식을 넣어둘 작은 서랍장도 준비했다.

유나는 체구가 작고 2학년이라 자가 주사가 불가능하다. 그래도 다행인 것은 어머니가 매일 학교에 와서 주사를 놓을 수 있다는 점이다. 다만 어머니가 바쁜 일이 있거나 고혈당이 발생했을 때에는 내게 주사를 대신 놔달라고 요청했다. 지금까지 딱 한 번 주사를 놨다. 대단한 스킬을 요하는 건 아니지만 간혹 보건교사에게 간호사 면허증이 왜 필요하느냐 말하는 사람이 더러 있는데 굳이 알아듣기 쉬운 이유를 알려주자면 이럴 때 간호사 면허증이 필요하다. 대부분의 보건교사는 간호사 경력이 있어 많은 주사 경험이 있기 때문에 훨씬 더 안정적으로 놓을 수가 있다. 경험의 축적은 때로 지식의 양보다 중요하다.

유나는 등교하고 사흘 후부터 저혈당이 왔다. 어떤 날은 오전, 어떤 날은 오전 오후 두 번 오기도 했다. 그나마 다행인 건 연속혈당측정기를 몸에 부착하고 있어 설정해놓은 혈당 수치보다 높거나 낮으면 핸드폰 앱에서 알람이 울려 아이가 인지하고 바로 보건실에 온다는 것이다. 다만 이 연속혈당측정기는 현재의 혈당과 다소 차이가 있어 혈당이 아주 낮거나, 너무 높을 경우 반드시 손가락 채혈을 통해 정확한 혈당을 알아봐야 한다. 결국 저혈당이 되면 매번 채혈을 하고 당을 보충하는 조치를 취한다. 어머니가 식단관리를 철저히 하고 간식을 선별해 먹임에도 불구하고 저혈당 45부터 고혈당 395까지 아이의 당수치는 자주 오르락내리락했다.

유나의 어머니가 가져온 물품은 혈당측정기, 인슐린, 글루카곤, 케톤측정시험지, 간식류이다. 연속혈당측정기를 부착했기에 글루카곤은 거의 사용할 일이 없을 것이다. 그래도 사용법을 꼼꼼히 읽어보고 냉장고에 보관했다.

어느 날, 유나는 바깥놀이 활동을 하다가 땀을 뻘뻘 흘리며 왔다. 혈당이 떨어져 온 것이다. 채혈을 해서 당수치를 알려주는데 창문 너머로 와자지껄 즐거운 웃음소리가 들려온다. 아이의 표정이 시무룩해졌다. 주스를 마시게 하고 비스킷을 먹인 후 혈당이 올라 아이를 돌려보낼 땐 바깥놀이 시간이 이미 끝난 때였다.

이후 아이는 일주일에 서너 번 당이 떨어져 왔는데, 어떤 날은 피가 잘 안 나와서 엄지손가락을 두 번 찌르게 되었다. 안 그래도 여기저기 찌른 자국이 있는 손가락을 두 번 찌르게 되니 미안했다. 그럼에도 아이는 순순히 손가락을 내주었다. 그런데 사용한 사혈침을 정리하는 과정에서 내 손가락을 실수로 찌르게 되었다. "유나 손가락 두 번 찔러서 선생님이 벌받았나 보다"라고 말하며 일부러 아이의 혈당측정기를 사용해 나의 혈당을 측정해보았다. 아이가 슬며시 미소 지었다.

유나는 그림 그리기를 좋아한다. 혈당 수치가 빨리 오르지 않아 30분 이상 기다려야 하는 날이면 종이와 색연필을 내주었다. 알록달록한 꽃과 나비, 아이스크림, 사탕, 케이크, 과자들을 종이 가득 그려놓는다.

달콤한 케이크나 아이스 찹쌀떡, 아이스크림 같은 아이들이 좋아할 만한 간식류가 급식으로 나오는 날엔 유나는 혈당 조절을 위해 별도로 준비해온 간식을 들고 급식실에 간다. 아이에게 달콤한 간식은 그림 속에만 존재하는 것 같다. 유나가 자라며 좋아하는 간식을 마음대로 먹을 순 없겠지만 그 아이의 삶은 아이의 그림처럼 다채롭고 아름답길 바란다.

당뇨를 가진 아이들의 고달픈 마음을 헤아릴 순 없지만 하루에도 몇 번씩 절망과 희망의 순간을 경험하리라는 짐작을 해본다. 그 아이들의 마음에도 굳은살이 배기려면 손가락이 얼마나 더 많이 찔리고 또 아물기를 반복해야 할까. 당뇨병 진단을 받은 아이를 보면 그저 애처로운 마음이 든다.

아이를 위한 간절한 기도가 오늘도 들려온다.

학교의
중심은
어디인가?

아무리 예뻐도

아무리 착해도

아무리 말 잘 들어도

"선생님 사랑해요"라고 말해도

보건선생님이

좋아하지 않는 말

"내일 또 올게요."

홈질처럼 하루 건너 오는 아이들이 있다. 박음질처럼 매일 오는 아이들이 있다. 가장 힘든 건 감침질처럼 오는 아이들이다. 이런 아이들을 교실에다 매듭지어주는 선생님들이 있다. 몇 해를 박음질과 감침질처럼 오는 아이들을 단번에 보건실에 안 가도 되는 아이로 만들어주는 담임선생님을 보면 감탄이 절로 나온다.

최근 몇 년간 보건실에 방문하는 아이들의 양상을 살펴보면 무기력한 아이들이 많아졌다. 심지어 아픈 증상을 자기 이야기가 아닌 듯 말하는 모습을 보기도 한다. 자신의 몸에 대한 불편을 적극적으로 호소하지 않거나 지나친 불안을 보이는 아이들도 가끔 발견한다.

자주 아프다고 오는 아이들은 예민하고 감각이 뛰어난 아이일 수도 있다. 마음이 아픈 것이 결국 몸으로 오기도 하니까, 실제로 몸 어딘가가 불편해지는 것이다. 아이들은 마음의 불편함을 몸을 빌려 말하고 싶어서 오는지도 모르겠다. 정서적으로 힘들어하는 아이들을 보면 아이를 불편하게 하는 대상이나 환경이 있다. 그 대상은 가족, 친구, 선생님 등 가까운 주변 인물들이다. 어른이 관계에서 오는 스트레스로 괴로워하는 경우가 많듯이 아이들도 똑같다.

보건실에 자주 오는 아이와 대화하다 보면 주로 가정에서 파생된 문제가 많다. 가정의 문제가 교실로 이어져 결국 교실에서 적응하지 못하고 튕겨져 나온다는 말이다. 그러니 자꾸 보건실에 가는 아이를 야단치기 전에 그 아이가 처한 환경을 알려고 하면 답을 찾는 데 도움이 되지 않을까. 보건실에 와서 나에게 고민거리를 털어놓기만 해도 몸의 문제가 해결되어 가벼운 발걸음으로 나가는 경우를 종종 본다.

아이들은 물 한 잔, 따뜻한 찜질 몇 분, 그저 앉아 있는 몇 분만으로도 다시 생기를 찾는다. 작은 관심에도 금세 좋아진다. 이런 아이들에게 약은 필요 없다. '그래, 내가 네 맘 알 것 같아'라는 신호를 보내기만 하면 된다. 그 방법으로 말이 아닌 신체적 언어를 사용해도 좋을 것이다. 눈빛, 고개를 끄덕임, 입가의 미소, 이름을 불러주는 것 등 방법은 다양하다. 나는 자주 오는 아이들의 이름을 외워둔다. 그랬다가 어느 날 갑자기 이름을 불러준다. 생각보다 효과가 크다. 과한 칭찬도 가끔 한다. 과한 칭찬은 일대일로 마주할 때 "아픈 걸 너만큼 잘 참는 아이는 본 적이 없다"라든지, "너처럼 인사 잘하는 아이는 처음 본다"라는 말로. 주의할 점은 남발하면 안 된다.

아이들 하나하나를 대면하는 일은 중요하다. 유년기는 짧지만, 어린 시절의 상처와 아픔은 삶에 큰 영향을 미치기 때문이다. 나의 행동과 말 등은 대부분의 아이들에게는 일회적일 수 있지만, 예민한 아이나 자주 오는 아이에게는 좀 더 무겁게 다가가기도 한다.

나는 아이들을 매일 만나는 것이 아니므로 아이들을 익히는 데 꽤 오랜 시간이 걸린다. 아이들은 그 숫자만큼이나 다양한 이유로 보건실에 찾아온다. 또 어제 온 그 아이가 오늘은 다른 이유로 오기도 한다. 하지만 자주 오는 아이들에게서 작은 차이를 발견하는 일이 매우 중요할 때가 있다. 학교 폭력과 관련된 아이를 발견해 담임교사에게 알려주기도 하고, 아이의 분노와 울분을 준비 없이 들어줄 때도 있다. 치료 과정에서 아동 학대를 인지해 신고한 일도 두 번 있었다. 적극 알아차리려 했다면 아마 더 있었을 것이다.

"몸의 중심은 심장이 아니다
몸이 아플 때 아픈 곳이 중심이 된다

가족의 중심은 아빠가 아니다
아픈 사람이 가족의 중심이 된다"
—박노해, 〈나 거기 서 있다〉 중에서°

학교의 중심은 어디인가? 물론 대다수의 아이들이 교실에 있으니 교실이라고 해야 옳을 것이다. 그러나 나는 감히 보건실이라고 말하고 싶다. 보건실에 아프고 힘든 아이들이 넘쳐난다면 행복한 학교일까? 그 학년은, 그 학급은 행복한 교실일까? 아이들이 건강해야 즐겁게 공부할 수 있고, 놀 수 있고, 행복할 수 있다.

보건실에 가는 아이가 없는 교실이 행복한 교실이다.
보건실에 가는 아이가 적은 학교가 행복한 학교다.

°　박노해 시집, 《그러니 그대 사라지지 말아라》 (느린걸음, 2010)

나는 왜
이런 병에
걸렸을까요?

"선생님, 제가 해볼 수 있는 건 다 해봤어요. 선생님도 검색해보시면 아시겠지만, 치료 방법이 없어요. 온도 조절을 잘해주는 것뿐이더라고요. 예방이 중요한 거죠. 큰 병원도 가 봤어요. 약도 먹여봤어요. 그런데 어느 순간 약을 먹이나 안 먹이나 다시 생긴다는 걸 알았어요. 지금은 약을 먹이지 않아요. 처방받은 약은 집에 있는데 아이가 심해질 때만 한 번씩 먹입니다. 솔직히 의사들은 약의 부작용이 하나도 없다고들 말해요. 그런데 선생님은 그걸 믿나요? 저는 안 믿어요. 아이가 약을 먹으면 생기를 잃고 얌전해져요. 이런 약을 계속 먹일 수는 없다고 생각해요."

"네, 어머님, 그간 정말 많은 노력을 하신 것 같아요."

"아이를 입학시키며 시작한 일도 그만두었어요. 1학년은 챙겨줘야 할 일도 많다는데 우리 아인 더구나 이러니 제가 어디 일을 할 수가 있겠어요…. 알레르기가 생긴 건 3년 전 겨울, 갤러리에서 차가운 곳에 얼굴을 댔는데 그때부터예요. 그땐 콜드 알레르기라고는 생각도 못 했어요. 어떤 나쁜 물질에 의한 알레르기라고만 생각했어요. 그런데 어느 날 예방접종을 받고는 접종 부위가 부었길래 얼음을 대주었더니 그 부분이 벌겋게 부어오르는 거예요. 게다가 찬바람이 불기 시작하자 귀부터 얼굴까지 이렇게 발진이 올라오더라고요."

"어머님 말씀처럼 지금도 조금 올라온 것 같네요. 많이 힘드셨겠어요."

"이건 아무것도 아니에요. 지하 주차장에 내려서 집에 가는 그 짧은 시간에도 볼에 올라오기 시작해요. 유치원 차에서 아이를 받을 때는 담요를 가지고 기다리다가 담요로 싸서 집으로 데려오기도 했어요."

"네, 그동안 신경을 많이 쓰셨네요. 유치원에서는 어땠나요?"

"유치원은 한 건물에서 모든 게 이루어져요. 바깥으로 나가는 일이 거의 없고 온도가 일정하게 유지되다 보니 심하게 올라온 일은 거의 없어요. 약간 올라오다 마는 정도? 그런데 초등학교에 오니 복도도 나가야 하고, 화장실도 복도를 거쳐 가야 하고, 점심시간엔 급식실 밖에서 기다려야 하고, 찬바람을 쐴 일이 많아서 정말 걱정이에요. 차를 학교 안으로 못 가지고 들어가니 아이가 혼자 교실에 가야 하는 것도 걱정이고요."

"걱정이 많으시겠어요. 일단 해결 방법을 하나하나 찾아보기로 해요. 등교 시 학교로 차를 가지고 들어올 수 있는 배려는 학교에서 해줄 수 있다고 생각되는데요. 교감선생님께 말씀드려볼게요. 또 저나 담임선생님이 도와드릴 수 있는 부분이 있는지도 생각해볼게요. 부탁하실 일이 있으면 말씀해주세요."

"아… 다행입니다. 그렇게 말씀해주니 제가 좀 걱정이

덜어집니다. 평소 모든 일을 가급적 제 선에서 해결하는 편이에요. 남한테 피해주는 것 같아서 부탁을 안 하는 편이거든요. 차를 학교 내로 가지고 들어오는 부분, 급식 시간에 아이를 제일 먼저 급식실에 들어가게 하는 것, 갈 때 외투를 입고 가게 하는 것 뭐 그 정도면 될 거 같아요. 또 발진이 나면 바로 저에게 연락 주는 거요."

"네, 이건 도움이라기보다는 배려가 필요한 부분 같아 보이네요. 아이에게 필요시 약을 먹인다든가 상황을 알려야 하는 경우는 제가 바로 연락을 드릴게요. 그리고 다른 부분은 담임선생님께 말씀드려야 할 것 같네요. 저도 말씀드릴게요."

아이의 어머니는 아이를 3월 한 달 내내 목은 머플러로 감싸고 얼굴은 마스크로 가리고 몸은 두꺼운 담요로 감싼 채 자동차로 등교를 시켜 교실까지 데려다주었다.

3월 말 무렵, 아이가 걸어서 등교하기 시작했는데 등교하던 첫날, 담요로 몸을 감싸고 친구들과 함께 걸어오다가 넘어졌다며 보건실에 왔다. 무릎, 손, 얼굴에 상처가 났다. 상처를 치료하면서 얼굴을 보니 양쪽 볼에 발진이 돋고 있었다.

침대에 눕히고 전기장판을 약하게 틀어주는데 아이가 시무룩한 표정을 지으며 작은 목소리로 말했다.

"선생님… 나는 왜 이런 병에 걸렸을까요."

아이가 힘없는 말과 함께 눈물을 글썽이는 순간, 나도 모르게 절망보다는 희망의 말을 해주고 싶었다.

"그러게, 많이 속상하지? 선생님도 어른이 되기 전 자주 두드러기가 났었는데 어느 순간 저절로 나아지더구나. 너도 그럴지 몰라."

"네….."

실제로 스무 살까지 두드러기로 고기를 먹지 못했는데, 어느 순간 두드러기가 사라졌다. 그러다 5년 전에 다시 찾아왔다. 그렇게 오랜 기간 이유 없이 괴롭히던 병이 사라지기도 하고 다시 나타나기도 한다.

아이는 1년 동안 두드러기로 보건실에 찾아와 몇 차례 알레르기 약을 먹었다. 다행히 아주 심해지지는 않아 병원에 가진 않았다. 2년 후, 아이는 쌀쌀한 날에 마스크 없이도 두드러기가 나지 않게 되었다.

쌀쌀한 초겨울에 복도에서 마주친 아이는 나에게 말했다.

"선생님, 저 이제 두드러기 안 난다요? 선생님 말이 정확히 맞았어요!"

나는 다행이다 싶으면서도 아이가 내가 했던 말을 기억한다는 것에 깜짝 놀랐다. 만약 아이에게 두드러기가 계속 있다면 아이는 나의 근거 없는 위로를 어떻게 생각했을까. 만성질환을 가진 아이들에겐 언제나 말을 조심히 해야겠다고 마음을 먹었다.

그런 아이들에겐 나의 섣부른 판단이나 말보다 따뜻한 미소와 태도가 더 중요할 것이다. 말보다 태도에 마음을 담자. 그럼에도 어떤 상황에서는 확신의 말이 때때로 치료의 일부가 되기도 한다는 믿음을 나는 아직 가지고 있다.

울퉁불퉁
모과를 닮은
아이들

점이 점점 많아진다. 점이 점점 커진다. 점들은 결국 하나가 된다. 모과는 온몸이 진한 갈색 점 자체가 될 때쯤엔 향기가 완전히 사라진다. 가볍고 단단한 돌이 된다. 모과는 과일이라기보다는 나무에 열리는 단단한 방향제 같다. 수박의 본질이 물이라면 모과는 향기다. 출근길 놀이터에서 아침햇살에 반짝이는 모과를 발견했다. 노랗고 단단한 모과는 긁힌 상처가 있고 울퉁불퉁했다. 한 군데는 벌레 먹은 흔적도 있었다. 모과를 주워와 일하는 책상 위에 두었다.

모과 향기가 어찌나 진했던지 평소 냄새에 민감한 아이가 바로 알아챘다. 자극적인 냄새를 맡으면 머리가 아프다며 종종 오던 아이였다. 그 아이는 과학 시간이나 진한 향수를 뿌리는 선생님이 가르치는 전담 시간만 되면 특히 자주 왔었다. 아이는 보건실 문을 열고 들어오자마자 "선생님, 향수 썼어요?"라고 물었다. 아이에게 모과를 가리키자 신기한 듯 코에 갖다 대고는 "이 냄새는 머리 안 아플 것 같다"라며 조잘댔다.

모과는 그날부터 달콤한 향기를 뿜어냈다. 어떤 아이는 감자가 왜 이렇게 노랗냐고 묻기도 하고, 또 어떤 아이는 먹을 수 있는 과일이라면 자기에게 달라고도 했다.

일주일 후 모과나무 아래를 지나다 모과 두 알을 더 얻었다. 하나는 차에 두고 한 알은 점심을 함께 먹는 사서선생님에게 드렸다. 새로울 것 없는 업무공간에 모과 한 알이 들어온 후 보건실에 환한 등 하나가 켜진 것 같았다.

대부분의 과일은 상처가 나면 썩지만, 모과는 상처가 나도 잘 썩지 않는다는 걸 상처 난 모과를 오래 지켜보며 알게 되었다. 오히려 상처 난 자리에서 더 진한 향기가 배어 나왔다. 모과는 완전히 단단해질 때까지 향기를 뿜어냈다. 갈색의 빛깔은 언젠가 박물관 전시에서 본 미라의 색깔을 연상케 했다. 향기가 다하자, 가벼워졌다.

모과나무는 5월에 연분홍 엄지손가락 마디만 한 꽃이 핀다. 이파리에 가려져, 또는 주변 화려한 꽃나무들에 묻혀 언제 꽃이 피는지 모르게 핀다. 그러다 가을에 문득 나무를 쳐다보면 주먹만 한 모과를 큰 가지 중간에 얹혀 놓기도 하고 가지 맨 끝 아슬아슬한 곳에 매달아 놓기도 한다. 꼭지가 없어 그런지 어떤 모과는 나뭇가지에 열매가 눌려 굵은 나뭇가지 자국이 그대로 열매의 형태가 되기도 한다. 그렇게 모과는 꽃도 열매도 있는 듯 없는 듯 피었다가 노랗게 여문 후에야 자신을 드러낸다.

나는 상처 난 모과 두 알을 지금도 가지고 있다. 모과를 보고 있노라면 자신의 상처를 향기로 극복한 사람들이 떠오른다. 또 아프다고 하루에도 몇 번씩 보건실에 오는 아이들의 얼굴들도.

마음이든 몸이든 상처를 가지고 보건실에 오는 아이들 중에도 향기가 없는 아이는 없었다. 울퉁불퉁 모과 같은 아이들도 자세히 바라보면 그 안에 사랑스럽고 생기 넘치는 모습들을 발견할 수 있다. 따뜻한 성질을 가진 모과처럼 아이들은 그 자체만으로 나를 따뜻하게 만들어준다.

아픈 곳,
영혼이라고 쓰는
아이가 있다

잠이 우울증의 주요 증상 중 하나라는 것은 익히 알려진 사실이다. 마치 겨울잠을 자는 동물들처럼 에너지가 떨어지면 아이들은 잠을 자게 되어 있다.

아영이는 여러 학교로 전학을 다니다가 졸업을 딱 1년 남기고 전학을 왔다. 우울증으로 치료를 받고 있으며 출석 일수가 모자랄 만큼 결석을 많이 했다. 우울증으로 진단받은 건 초등학교 저학년 때이고, 당시 학급에서 따돌림을 받았다고 했다. 아영이의 등하굣길은 언제나 부모님과 함께였고, 우울증 약을 먹지 않고 온 날은 아버지나 어머니가 직접 약을 가지고 왔다.

아영이가 전학 오던 날 보건실에 처음 와서 아픈 곳을 쓰는 칸에 아영이는 '영혼'이라고 썼다. 아영이는 보건실에서 한 시간 정도 쉬고 교실로 갔다가 20분 만에 다시 와서 말했다. "담임선생님이 약만 먹고 오라고 했는데 가슴이 두근거리고 답답하고 숨 쉬기도 어려워요"라며 이 증상에 먹는 약이 있냐고 물었다. 약을 줄 수 없어 한 시간쯤 더 쉬고 교실로 가라고 하자 아이는 두통이 있다며 교실에 가지 않았다. 그렇게 전학 오던 날부터 아영이는 조퇴를 했다.

사나흘 후 아영이가 왔을 땐 우울증 약을 먹다 중단한 상태라고 했다. 여전히 교실에 적응하지 못하는 눈치였다. 생리가 터져 배가 아프다고 해서, 찜질을 해주고 30분 후에 교실로 올려보냈다. 하지만 아이는 30분 후에 다시 내려왔고, 하교하는 4교시가 돼서야 교실로 돌아갔다. 우울증이 다시 악화된 게 아닌가 걱정되었다. 아영이의 부모님과 담임선생님은 아영이가 오면 쉴 만큼 쉬게 해달라고 부탁했고, 교실에 적응하지 못하는 아이가 출석 일수를 채워 졸업시키는 게 목적이라고도 했다.

머칠 후, 약품 정리를 하고 있는데 조용히 보건실 문이 열렸다.

"선생님, 제가 피를 너무 많이 흘렸어요."

"언제?"

"얼마 전에요."

아영이가 얼마 전 보건실에 왔을 때 들려준 이야기가 떠올랐다. 아영이는 4개월 만에 생리를 했으며 엄청난 양에 놀랐다고 말했었다.

"생리양이 많았다는 뜻이니?"

"네, 그래서 빈혈 검사도 받았어요."

"그래, 그럼 빈혈약을 잘 먹고, 고기나 야채 등 철분이 든 음식을 많이 먹어야겠구나."

"선생님, 어지러워요."

"눕고 싶다는 말이니?"

아이가 웃는다. 잠들지 말고 조금만 누웠다가 가라고 일러둔 채 약품 재고를 적고 있는데, 침대에 누워 있던 아이가 말했다.

"선생님, 저 죽을지도 몰라요."

"빈혈은 죽는 병이 아니야."

"아니 그게 아니라요. 산부인과에서 검사를 했는데 혹이 있대요. 선생님, 혹은 다 암인가요?"

"암일까 봐 걱정되는구나. 근데 대부분 아닌 경우가 훨씬 많으니 미리 걱정하는 건 아영이에게 도움이 되지 않아."

"네, 선생님 저는 죽으면 안 돼요. 아직 살고 싶어요."

"그래, 당연히 살아야지. 사는 건 당연한 거야."

아영이가 눈물을 글썽이며 눈을 감았다. 깨우려다 그냥 두었다. 아이가 하교한 후 담임선생님에게 아이의 상태를 알렸다. 며칠 후 아영이는 다니던 병원에서 다시 우울증 약을 조절해 먹는다고 했으며, 다행히 아이가 걱정하던 자궁의 혹은 악성이 아닌 걸로 진단이 나왔다.

주 3회 정도 등교하는 아영이는 전학 온 다음 날부터 보건실 단골이 되었다. 아영이가 보건실에 오지 않으면 등교하지 않은 날이다. 아영이는 대체로 가라앉은 상태로 나를 찾아왔고 잠깐씩 혹은 오래 잠을 자다 갔다. 아영이가 활기차

게 보건실을 찾는 날도 있었다. 평소처럼 출근을 해서 가방을 내려놓고 청소를 하려는데 아영이가 슬그머니 들어와 소파에 앉았다. 오늘은 약을 먹고 상큼한 기분으로 하루를 시작하려 한다고 먼저 말을 걸었다. 나는 아영이에게 수요일은 재활용 분리수거와 아침 청소를 하는 날이므로 가장 일찍 보건실에 오는 아이와 함께 청소를 하는 것이 원칙이라고 말했다. 아영이를 움직이게 하고 싶어 한 말이다. 아이는 단박에 눈치를 채고 "그럼 뭘 할까요?"라며 소매를 걷어붙였다. 걸레를 빨아 밀대에 붙여주고는 보건실의 절반만 닦아보라고 구역을 정해주었다. 아이는 재미있다며 열심히 닦는가 싶더니 5분도 채 안 돼 걸레질을 마치고 다시 소파에 풀썩 주저앉았다. 재활용을 버려야 하는데 손이 모자라니 함께 가자고 겨우 일으켰지만, 아영이는 보건실로 돌아오자마자 눕고 싶다고 했다. 아영이의 활력은 30분을 넘기지 못하고 다시 수면모드로 들어갔다.

　여름방학이 지나고 새 학기가 시작된 9월, 아영이가 춥고 배가 아프다고 찾아왔다. 아직 반팔을 입은 아이들이 훨씬 많은 날씨에 두터운 니트를 입고 있다. 잠깐 켜두었던 에어컨을 껐다. 배가 아프다는 아이를 잠시 침대에 눕게 했다. 아영이의 코를 고는 소리가 보건실 전체를 가득 채웠다. 시간이 갈수록 잠에 더 깊이 빠지는 것 같았다. 한 시간 정도 자고 일어난 아영이는 화장실에 다녀오더니 느닷없이 자신의 영혼이 빠져나갔는지 알아봐야 한다고 서둘러 체중계에 올라갔다. 아이에게 차이가 있냐고 물었더니 그대로라고 한다. 그렇다면 영혼이 빠져나간 게 아니니 안심하라고 말해주고는 따뜻한 율무차 한 잔을 타서 건넸다. 아영이는 율무차를 양손으로 받쳐 들고 천천히 마셨다. 그러곤 소파에 앉은 채 다시 잠이 들었다.

아영이는 한동안 멈췄던 환청이 다시 들린다고 털어놨다. 교실에서 단 30분도 있기 힘들고, 책상에 머리를 박고 싶다고도 했다. '죽어, 죽자' 같은 말이 계속 들려온다고. 결국 아영이는 다시 입원 치료를 받았다.

나는 그맘때 하루에 60~70명씩 밀려드는 아이들을 보느라 아영이에게 신경 써줄 여력이 되지 않았다. 솔직히 말하자면 오히려 조용히 잠을 자는 게 고마울 때가 많았다. 그러

면서도 마음 한구석이 늘 불편하고 미안했다. 아이들이 잠시 뜸할 땐 아영이를 깨워서 말을 시켜보기도 했지만 몇 분 대화를 나누지 않고 이내 눈을 비볐다. 만화를 자주 그린다는 말을 듣고는 노트와 색연필을 주곤 했는데, 긴 머리에 얼굴의 절반을 차지할 만큼 눈이 큰 여자 얼굴을 그리고는 '우울'이라고 써놓았다. 아이는 회색, 검정, 갈색 등 어두운 색만 골라서 칠했다. 그마저도 귀찮다며 몇 장 안 하고 그만두었지만.

그렇게 아영이는 교실에 있는 시간보다 보건실에서 더 많은 시간을 보내고 졸업했다. 그해 가장 안타까웠던 건, 밀려드는 아이들을 보느라 아영이의 이야기를 좀 더 들어주지 못한 것이다. 어쩌면 아이는 하고 싶은 말이 있던 날에도 정신없이 바쁜 나를 위해 자는 척했던 건 아니었을까.

그저 아영이가 무사히 보건실에 있다 가게 하는 것이 내 역할이었다. 상담실과 보건실 사이 그 무엇이 필요한 것 같다. 아영이와 같은 어려움을 겪는 아이들이 학교에서 적응할 수 있도록 지원해줄 공간과 인력이 필요한 시점이다.

보건교사
안은영은
아니지만

코피가 날 때 막아주는 단단한 솜은 마시멜로였을지 몰라. 오븐 같은 데서 그걸 한 뭉치 꺼내 둥근 도시락통에 담고는 뚜껑을 탁 닫는 거야. 목이 아파서 갔는데 플래시로 목을 안 보고 눈을 비춰보더니 내 눈을 뚫어지게 보더라. 그러더니 과학 시간이구나, 인터폰 울리기 전에 얼른 가는 게 좋겠어, 하는 거야. 순간 가슴이 철렁했잖아. 어떤 형한테는 수업 시간에 왔는데 사탕 몇 개랑 비스킷을 차려주고는 코코아까지 한 잔 타주는 거야. 그러고는 15분 후에 피가 달콤해졌나 검사 좀 하자는 거야. 근데 그 형은 군말 없이 자기 손으로 손끝을 찔러 기계에다 피를 떨어뜨리더라. 왠지 오싹한 게 아무래도 내일부터 보건실에 안 가는 게 좋겠어. 내 속을 꿰뚫어 보는 것 같더라니까….

이렇게 하여 한 명이라도 단골 아이가 줄었으면 좋겠지만 그건 상상 속 꿈일 뿐이다. 크면 큰 학교대로 작으면 작은 학교대로 보건실 이용 아동은 해마다 증가하고 있고, 특단의 대책이 없는 한 앞으로도 그럴 것이다.

잡초는 뽑아도 뽑아도 매일 생겨난다. 그래도 근사한 잔디 정원을 원한다면 매일 뽑아야 한다. 보통 가정에서 어려움이 있는 아이는 학년이 올라가도 내내 보건실에 온다. 그러니 그냥 풀꽃으로 생각하기로 했다. 풀꽃을 뽑아버릴 재간이 없기 때문이다. 아이들이 보도블록 틈새에서도 근사한 꽃을 피우는 풀꽃처럼 교실에 뿌리를 내리고 당당한 풀꽃이 되면 좋겠지만 그렇지 못한 아이들도 있다. 보건실에 오면 떠들어 혼나던 아이도 단지 아픈 아이다. 선생님께 대든 아이도 그냥 내겐 아픈 아이다.

흙이 부족하거나 당장 옮겨 심을 화분이 없을 때, 그 식물을 뽑아 흙을 털어내고 씻어 물에 담아 키우곤 한다. 뿌리가 썩지 않도록 자주 물을 갈아준다. 그러다 보면 어느 순간 뿌리가 길어지면서 잔뿌리가 자라난다.

흙이 너무 부족하여 차라리 물속에 뿌리를 내리고 살아야만 하는 아이들이 있다. 유년기에 마땅히 제공되어야 할 충분한 흙과 양분이 부족한 아이들이다. 그런 아이들에게 학교가 유리병과 깨끗한 물이 되어주면 좋겠다. 그렇다면 보건실은 물의 혼탁함을 관찰해 뿌리가 제대로 자라고 있는지 살펴보는 곳이 되지 않을까.

손가락에 염증이 심한 아이가 2주간 치료를 받으러 왔다. 손가락 마디라 계속 움직이다 보니 아물지 못하고 자꾸 벌어지는 상황이 반복된 것이다. 병원에 가야 할 상처라고 했더니 딱 하루 가고는 내내 보건실에 왔다. 담임선생님에게 물어보니 아버지와 단둘이 사는 이 아이는 수업을 마치면 지역 아동센터에 간다고 한다. 더구나 아버지는 주말에도 일을 한다는 것이다. 결국 아이의 상처가 다 나을 때까지 보건실에서 드레싱을 해주고 혹여 물이 들어가 상처가 악화될까 봐 라텍스 장갑을 여러 개 가방에 넣어주었다. 학교의 규모가 작아 아이를 매일 치료해줄 시간과 여유가 있어 신경 써줄 수 있었다.

아이들의 아픔에 더 마음을 쓸 수 있는 역량은 여유로움에서 온다. 5분 간격으로 홍수처럼 들이닥치는 아이들과 많은 업무, 지속적인 긴장감 속에서 어떤 보건교사가 아이를 매번 사랑으로 치료해줄 수 있겠는가. 갈수록 많은 법들과 규정 속 책임을 지우는 방식으로 일을 하게 만드는 제도 속에서, 어떤 보건교사가 언제까지나 아이들의 이야기를 차분히 들어주고 눈빛을 살필 수 있겠는가. 적어도 힘든 아이들이 꼭 해야 할 말을 못 해 더 곤란한 지경에 처해지지 않았으면 좋겠다.

보건실
단골 손님들

①

다치는 바람에 꿈을 찾은 정수

너, 네 다리로 축구해봤니?

오래간만에 미세먼지도 없는 날이잖아?

축구가 하고 싶어 죽겠는데

깁스를 했잖아,

목발을 짚었잖아?

이런 날 너라면 참을 수 있니?

실은 나도 선생님이 걱정할까 봐

안 하려고 했지, 근데

친구들이 감독을 시켜준대서 나간 거야

나는 진짜 감독을 해보고 싶었거든

애들이 반칙하는 거 목발로 잡았잖아?

내가 마치 후크 선장이 된 거 같았어

친구들은 내가 넘어질까 봐

나를 피해 공을 주고받더라

내가 말하면 따지지 않고 듣더라

왠지 내가 국가대표 감독이 된 거 같았어

근데 기분 째지게 좋았던 건

축구공이 조회대 캐노피에 올라갔을 때

경민이가 내 목발로 공을 내린 거야

아, 오늘 정말

다치는 바람에

완벽한 날이었어

내가 축구 감독에

소질이 있다는 걸
확실히 알게 됐다니까
나, 오늘 엄마에게 다시 말할 거야
축구 선수 말고,
축구 감독이 될 거니까
다시 축구 클럽에 보내달라고

②
기준이

배를 볼록 내밀고 들어온다
자주 보다 보니 원래 배가 나왔다
입술을 삐죽 내밀고 들어온다
자세히 보니 원래 입술이 도톰하다
기준이 말은
얼핏 들으면
말을 삐죽삐죽하는 것 같다
근데 자세히 들어보면

동그란 말도 있다
기준이가 나간 자리
탁자에 흘려놓은 동그란 눈물이
그걸 말해준다

③
지영이

지영이는
바둑 방과 후 가기 싫을 때
바둑 끝나고 영어 학원 가기 싫을 때
보건실 소파에서 시간을 보낸다
어서 학원 가라고 하면
엄마에게 꼭 전화를 한다
"엄마, 보건실인데요.
머리가 아파서 그러는데요.
바둑 끝나고 영어 안 가면 안 돼요?"

④

도윤이

하루에 코피 나서 오는 아이는

평균 두세 명

코피의 대부분은

코딱지를 파다가 난다고 한다

도윤이는

보건 수업 시간에도

급식을 먹으면서도

코를 판다

코피가 자주 나는 도윤이에게

"코피의 대부분은

코딱지를 파다가 난다던데,

도윤이는 아니겠지?" 물었더니

코딱지 판 일이 없다고 한다

그래서 나도 한 번도 본 적이 없다고 말해줬다

코딱지 파는 건 그냥 모른 척해주는 게 예의 같다

⑤

말을 지어내는 아이, 주아

말을 지어내는 아이의 말꼬리를 찾아내려고

담임선생님이 왔다

일주일 치 보건일지를 샅샅이 본다

"애가 자꾸 거짓말을 해서요.

그제도 어제도 다 왔었네요.

아이 말로 선생님이 이 시간에 또 오라고 했대요.

그제도 5교시에 늦고 어제도 늦었어요."

"저는 오라고 안 했는데요. 시작종이 칠 때까지 여기서
기다려보세요."

담임선생님은 시작종이 울리자 수업이 있다며
나가려고 하는데
주아가 옆 반 친구와 깔깔거리며 뛰어 들어오다가
선생님과 눈이 딱 마주쳤다
"주아야, 지금 몇 시지?"
"…."
주아는 아무 말도 못 하고
선생님도 아무 말 안 하고
미소를 짓더니
주아의 손을 꼭 잡고 나간다

⑥
예성이

예성이는 축구를 더 하느라
5교시가 시작되고 나서야 보건실에 온다

겨울에도 땀을 줄줄 흘리며 온다

아픈 데도 없으면서

5분이라도 더 놀려고

보건실에 갔다 왔다고 말하기 위해 오는 것 같다

물 한잔 마시고

땀 닦고

발 냄새 잔뜩 꺼내놓고 간다

⑦

미희

머리

배

다리

발

어깨

등

허리

손

손가락

무릎

종아리

눈

귀

코

실은 '마음'이 아픈 거였는데

'마음'이라고 쓰는 데까지

1년이 걸린 아이

⑧
서정이

'땡' 시작종이 치자 서정이가 뛰어 들어온다

양말을 벗어던지고 부챗살같이

발가락 사이를 펴 보이며 말한다

"선생님, 넓은 양말 없을까요?

아, 영어 시간도 체육 시간처럼 넓었으면 좋겠어요.

넓은 데서 넓은 말로 해주면 좋겠어요.

답답해 죽을 거 같아요."

서정이의 짜증과 지루함이 발가락 사이에 낀 것 같다

까진 발가락에 밴드를 붙여준다

서정이가 갑자기 양말을 벗은 채로 거울 앞에 서더니

"체육선생님처럼

시범을 잘 보여주면 좋겠어요.

자, 낮춰. 그렇지, 더 낮춰. 그렇지, 잘하네.

(고개 끄덕끄덕) 좋아, 그거야.

너 이리 나와 봐, 그렇게 하는 거야. 잘하고 있어.

손목이 아니고 더 안쪽으로 받아치는 거야."

서정이는 거울을 보고

배구 연습을 한다

한 시간만 지나면 기다리던

체육 시간이라며 나간다

새봄이

3월에 처음 만난 새봄이

4월에도 오고

5월에도 오고

6월에도 오고

7월에도 오고

9월에도 오고

10월에도 오고

11월에도 오고

12월에도 오고

내년에는

새봄이가 안 왔으면 좋겠다

안 아팠으면 좋겠다

새봄이에게도

새 봄이 왔으면 좋겠다

⑩

숫자를 세야 하는 아이, 주민

$45 \times 45 = 2,025$

쿠션의 사각형 무늬 개수예요

선생님

$15 \times 13 = 195$

지압봉의 돌기 개수예요

선생님

셀 수 있는 것을 더

찾아주세요

응, 여기 달력을 줄 테니

네가 보건실에 왔던 날을

세볼래?

그건 아주 쉬워요

365에서

방학 날짜만큼만

빼면 되거든요

⑪

채영이

얼굴이 배꽃 같은

채영이가 왔다

알레르기 결막염이 심하고

햇빛 알레르기가 있는 아이이다

"눈이 또 가렵구나."

"아니요, 이제 괜찮아요.

저를 힘들게 하는 꽃들이 졌거든요."

"그럼 햇빛 알레르기 때문에 왔구나,

여름도 안 오면 좋겠지?"

"아니요, 그럼 방학도 없잖아요."

⑫

할머니와 사는 희수

배가 많이 아픈 희수에게

물은 적 있다

부모님 중 누가 오실 수 있니?

희수는

다 나았다고 말했다

나은 척했다는 걸

나중에 알게 됐다

희수는 할머니와 둘이 산다

⑬

셋이라서 좋아, 지희

지희가 무릎을 다쳐서 왔다

아프다고 운다

무섭다고 운다

얼마 전 같은 곳을 다쳤던 영서가 말한다

"괜찮아, 닦기만 하고 밴드 붙이면 안 아파.

나도 처음엔 무서웠는데 해보니까 안 아팠어."

지희가 울음을 그친다

나는 영서에게 밴드를 건네며 말한다

"피부가 마르려면 3분쯤 걸리니까 3분 후에 밴드를 붙여 주는 거야."

옆에 있던 준하가 말한다

"지금 밖에 나가야 하는데 3분을 어떻게 알지?

알았다, 내가 줄넘기를 360번 하고 알려줄게.

그럼 3분이야. 내가 1분에 120번 하거든."

아이들이 조잘조잘

줄넘기를 하러 나간다

⑭

단짝 민지

민지는 둘이 꼭 붙어 다닌다

편도선이 큰 민지, 키가 큰 민지

눈동자가 큰 민지, 키가 작은 민지

보건실 보조 기록부에

큰 민지가 아플 때면

작은 민지가 아픈 데를 써주고

작은 민지가 아플 때면

큰 민지가 아픈 데를 써준다

민지는 민지랑만 온다

민지도 민지랑만 온다

민지가 학교 안 온 날엔

민지가 두 번, 세 번 온다

민지는 민지가 있어야

하루에 한 번만 온다

민지는 민지가 안 오면

민지 몫까지 오고야 만다

⑮

꽃씨 처방전

할머니와 사는 은주가 보건실에서 약을 먹고 퇴근 무렵
까지 누워 있던 적이 있었는데 은주는 다음 날 감기약을 넣어
줬던 약봉지에 씨앗 몇 알을 넣어서 가져왔다. 은주가 약봉지

를 건네면서 말했다.

"선생님, 이 씨앗은 분꽃 씨앗이에요. 우리 집 마당에서 받은 건데요, 심는 법이 궁금하면 저에게 꼭 물어보세요."

씨앗을 꺼내 약봉지 위에 올려놓고 보다가 약을 보관하는 방법을 읽게 되었는데, 약을 보관하는 방법과 씨앗을 보관하는 방법이 비슷하다는 것을 알게 되었다.

1. 씨앗을 받으면 이름을 기억하세요
   (약을 받으신 후 이름을 확인하십시오)

2. 심는 시기를 잘 지켜주세요
   (먹는 시간을 잘 지켜주세요)

3. 습도를 피해 보관해주세요
   (직사광선을 피해 보관해주세요)

4. 궁금한 사항은 이 꽃씨를 보낸 사람에게 물어보세요
   (궁금한 사항은 약사에게 문의해주세요)

겨우내 약장에 넣어두었던 꽃씨를 이듬해 텃밭에 뿌려 꽃을 보았다. 이듬해 전학 간 은주 얼굴이 텃밭 귀퉁이에 알록달록 피어났다. 밭에 갈 때마다 분꽃이 약이 되었다. 어디서든 분꽃을 보면 은주 얼굴이 떠오른다.

⑯ 우리들은 1학년

"어깨의 '깨'는 어떻게 쓰는 거야?"

"하늘에 새가 두 마리 날아가는 것처럼 써."

"하늘에 새가 날아가는 거 본 적 없어."

"그럼 내가 써줄게."

'억께'

"이건 세 마리 같은데?"

⑰ 많이 아픈 아이

"자, 여기 10cm 눈금자가 있어.
네가 아픈 정도가 어디쯤인지 표시해볼래?"
"선생님, 더 긴 자는 없어요?"

***

보건실 단골 아이들에게 시작종은 무의미한 것 같다
치료를 더디게 해줄수록 아이들은 좋아한다

졸리다 말하지 않아도
졸음이 보이는 아이들
눈물을 흘리지 않아도
울음이 보이는 아이들
화를 내지 않아도
분노가 보이는 아이들

환한 웃음 뒤에
그림자를 감춘 아이들

하고 싶은 말 대신
아프다는 아이들이 늘어간다

내가 치료할 수 없는데
자꾸 내게 오는 아이들이
점점 늘어간다

3

상처가 아물 때쯤
한 뼘 더
자라 있겠지

반창고나
붙여주는
보건교사

　　코팅된 일회용 밴드의 포장 종이가 양쪽으로 벌어질 때
의 느낌은 오래전 병원에서 약을 싸기 위해 약포지를 반으로
접을 때의 그 느낌과 닮았다. 약을 싸는 것과 밴드의 포장지
를 벗기는 것은 반대의 행위이지만 단순한 일을 효율적으로
준비한다는 측면에서는 같다. 밴드의 둥근 사각형은 피부에
붙여져 있을 때 안정감을 준다. 밴드 모서리의 그 적당한 둥
근 모양을 좋아한다.

　　다 쓴 둥근 면봉 통에 표준형 밴드 스무 개쯤 까서 담고

나면 하루 시작의 첫 단추를 끼운 것 같다. 바로 옆에 거즈 한 장을 깔고 연고를 올려 두는 것도 잊지 않는다.

붕대를 감을 때 붕대가 끝나는 지점이 원하는 위치에서 딱 맞아떨어지면 치료가 잘 된 것 같다는 느낌이 든다. 밴드가 구겨지지 않고 손가락에 착 감길 때도 비슷하다. 적당한 신축성과 부드러움, 접착력이 밴드의 질을 결정한다.

아이들이 밴드를 갈러 오는 이유는 이렇다.

그냥 떨어져요

손을 씻다가 젖었어요

놀다 보니 떨어졌어요

더 큰 걸로 붙여주세요

잘 붙는 걸로 붙여주세요

우리 집에 있는 것과 같은 밴드 없어요?

학원 가야 하니까 다시 붙여주세요

방수 밴드로 붙여주세요

밴드 하나 주세요

밴드 붙이고 수영 가도 되나요?

상처 없이 낫는 밴드로 붙여주세요

　반창고의 대명사, 일회용 밴드가 발명된 후 끊임없이 다양한 종류의 밴드가 나오고 성능 또한 좋아졌다. 방수 밴드, 드레싱 밴드, 캐릭터 밴드, 티눈 밴드, 주사 밴드, 모기 밴드 등 기능과 디자인도 다양하다. 표준 밴드, 소형 밴드, 대형 밴드, 손끝 밴드 크기에 따라서도 다양하다. 대중소 사이즈 별로 여러가지 구비해놓지만 표준 밴드 한 가지로 대부분의 작은 상처는 처치가 된다. 다양한 응용이 가능하기 때문이다.

　밴드, 연고, 면봉은 한 세트다. 밴드를 까는 일을 무수히 반복하다 보면 몸이 기억한다. 붙이는 일도 마찬가지다. 나는 일회용 밴드 까는 단순한 일을 은근히 즐긴다. 많은 아이들을 단시간 내에 치료해 보내야 하는 쉬는 시간을 위해, 언젠가부터 밴드 까는 일을 루틴 속에 집어넣자 동시에 많은 상처를 빠르게 치료할 수 있다는 걸 알게 됐다. 무엇보다 업무 시작 전 단순한 일을 반복하는 것은 겨울철 자동차 시동을 출발 몇 분 전에 미리 거는 것과 비슷하다.

보건교사로 산다는 것은 반창고에 익숙해지는 일
무심히 반창고 껍질을 벗기며 하루를 시작하는 일
그러다 반창고 껍질을 벗겨내는 속도에 재미를 붙이는 일
적당한 탄력으로 반창고를 감아야 모양이 흐트러지지 않는다는 것을 알게 되는 일
찰지게 붙는 반창고를 선택할 수 있게 되는 일
반창고가 찰지게 감기는 날이 있다는 것을 알게 되는 일
습도에 따라 반창고의 접착력이 달라진다는 것을 알게 되는 일
상처의 크기와 깊이를 가늠함과 동시에 이미 손이 적당한 크기의 반창고를 집는 일

이웃한 상처를 모아 하나의 반창고로 덮는 것이 효율적이라는 것을 아는 일

피부의 상태에 따라 반창고의 종류를 달리 선택하는 일

어떤 아이가 상처가 다 나을 때까지 찾아올 것인지 알게 되는 일

여분의 반창고를 주머니에 넣어줘야 할 아이를 아는 일

마음의 반창고가 필요한데 몸에 반창고를 붙여달라고 오는 아이를 알아보는 일

보건교사의 일 중에서 가장 쉬운 일은 역시 밴드를 붙이는 일이라는 걸 알게 되는 일

오늘 밴드를 백 개 붙였어도 아이들이 크게 다치거나 응급 상황이 없었다면 고마운 날이라는 것을 아는 일

보건교사의 일 중 밴드를 붙이는 행위는 아이들을 보는 시간이 하루 여섯 시간이라면 그중 30분도 채 되지 않을 것이다. 그렇다고 밴드를 붙이는 동작의 반복, 그것이 갖는 의미가 없는 것은 아니다. 무엇이든 작고 사소한 것도 오래 쌓이면 큰 덩어리 하나와 맞먹는 힘이 있다.

지금 내가 만난 아이는
35년 전의 나

35년 전의 내가
무릎에 반창고를 붙여준다

35년 뒤, 이 아이도
넘어진 누군가에게
반창고를 붙일 일이 있을지 몰라

지금 나처럼

새 구두를
신고

아버지가 빨간 구두를 사 온 날은 얼음이 풀리는 계절이
었다. 아버지는 밭둑을 지나 휘청거리며 언덕길을 올라왔다.
한 손에는 담배 한 보루, 한 손에는 구두가 들려 있었다. 나는
아버지가 정신이 이상해진 것이 아닐까 생각했다. 왜냐하면
내가 열 살 때까지 선물 같은 것을 사 온 적이 없었기 때문이
다. 언니와 나는 구두의 주인공이 누구일까 궁금했지만 먼저
묻지 않았다. 빨간 구두니까 남동생의 신발은 아니라는 확신
이 들었다. 구두는 내 것이었고, 그날 새 구두를 신고 마당에

나가지 않았다. 마루에서 신다가 방에서 신다가를 반복하다가 구두를 옆에 두고 잠이 들었다.

　다음 날은 평소보다 일찍 일어났다. 그러나 나보다 30분이나 늦게 등교하는 은영이가 벌써 교실에 와 있었다. 보통 집에서 학교까지 한 시간을 걸어가야 하는데 그날은 평소보다 30분은 더 걸린 것이다. 행여 구두에 흙이 묻을까 땅만 보고 걷느라 샛길 대신 돌이 없는 길로 돌아갔기 때문이다. 학교에 도착해서는 쉬는 시간마다 구두가 잘 있는지 신발장을 살피느라 친구들과 놀지도 못했다. 그렇게 신발을 지키다가 하교 시간이 되었다. 신발을 신고 운동장을 나서는데 뒤꿈치가 아파왔다. 하굣길에 함께 가는 윗집 희수가 빨리 걷자고 재촉했지만 발이 쓰라려 빨리 걸을 수가 없었다. 그렇다고 뒤꿈치가 아프니 천천히 가자고 말하고 싶지도 않았다. 아픈 발을 참고 걸을 만큼 새 구두가 마음에 들었지만, 집에 오는 내내 앞으로 학교에 신고 다닐 일이 걱정이었다.

　집 근처 계곡과 오솔길 사이에는 낡은 디딜방아가 있었다. 그곳에는 방아를 찧을 때 두 손으로 잡는 철봉 같은 나무봉이 세워져 있어, 이곳에 도착하면 누가 먼저랄 것도 없이 놀다가 집에 들어가곤 했다. 그날도 평소처럼 반 바퀴를 돌아 거꾸로 매달려 팔을 아래로 늘어뜨렸다. 그리고 다시 힘껏 돌아 나무 봉 위에 앉으려는 순간 한쪽 발이 쑥 빠지는 느낌이 들었다. 구두가 벗겨진 것이다. 나무 봉에서 황급히 내려 주위를 둘러보았다. 옆에 서 있던 희수가 계곡 쪽을 가리켰다. 계곡 낭떠러지를 내려다봤지만 구두는 보이지 않았다. "야, 이 계곡 아래가 네가 어렸을 때 떠내려갔다는 거기야?"라고 희수가 물었다. 나는 한 발 앞으로 발을 내딛으려다 뒤로 엉덩이를 빼고 엉거주춤 앉았다. 한 발만 앞으로 내딛어도 계곡으로 굴러 떨어질 것만 같았다. 무서웠다. 버들강아지 피는 나뭇가지 사이로 흐르는 계곡 물소리가 귀를 찢는 듯했다.

울면서 집으로 들어갔다. 아버지는 툇마루에 앉아 내 얼굴과 발을 한참 동안 말없이 쳐다만 보았다. 그리고는 담배두 대를 연거푸 피웠다. 아버지는 깜깜해져도 구두를 찾으러 나가지 않았다. 분명 개울에 떠내려갔을 테니 공연히 헛수고하지 말라고만 하셨다. 아버지가 미웠다. 그날 밤 눈물로 젖은 베개는 아침까지 젖어 있었다.

아버지가 구두를 찾으러 나서지 않은 까닭을 어렴풋이 이해하게 된 것은 지난 가을, 발뒤꿈치가 까졌다고 온 은빈이로 인해서다. 할머니와 사는 은빈이는 아파도 웬만해선 병원에 가지 않는다. 집에서 다쳐도 참았다가 아침 일찍 보건실로 온다. 한겨울에도 양말을 잘 신지 않는다. 은빈이 말에 의하면 엄마는 돈을 벌어야 해서 서울에 따로 산다고 했다. 1년에 딱 한 번 자신의 생일에만 자기를 만나러 온다고 약속했다고 한다. 그날 은빈이는 엄마가 사줬다는 새 구두를 신고 뒤꿈치가 아프다고 왔다. 반짝이는 빨간 구두를 보건실 앞에 벗어놓고 맨발로 서서 나를 기다리고 있었다. 나는 은빈이에게 신발을 왜 벗고 있냐고 묻지 않았다.

그날 구두를 잃어버린 후 엉엉 울며 들어오는 내 모습을 보고 아버지는 미안한 마음이 들었을지 모른다. 먼 흙길을 걸어 학교에 가는 딸에게 구두는 적당한 신발이 아니었음을 이미 알기 때문에 구두를 사주지 않았을 수도 있다. 가난한 살림에 언니들에겐 한 번도 사준 적 없는 구두를 막내딸에게만 사준 것이다. 그런데 뒤꿈치가 다 까져서 들어온 딸, 그리고 하루 만에 새 구두를 잃어버린 딸, 아버지가 그날 왜 구두를 찾으러 나서지 않았는지, 오랜 세월이 훨씬 지나서야 어렴풋이 그날의 아버지를 떠올려본다.

개학이다. 출근해서 계단을 올라오니, 복도 끝 보건실 앞에 양 갈래 머리를 한 여자아이가 보인다. 키가 한 뼘은 더 자라 보인다. 방학하는 날 나를 찾아와 방학 때 아프면 어떻게 하느냐고 말했던 아이, 빨간 구두를 벗고 맨발로 나를 기다리던 아이, 은빈이다.

날마다
새로 생긴
아픈 조각

만성 피부염으로 열 손가락이 갈라지고 피가 나는 일이 반복되는 아이가 있다. 이 아이는 다른 아이들에게 자신의 손가락을 보이기 싫어서 주로 수업 시간에 오는 아이인데 어느 날 쉬는 시간과 겹쳐서 오게 되었다. 내가 다른 아이들을 치료하는 동안 아이는 종이 한 장을 달라고 하더니 종이로 자신의 손을 가렸다. 그도 그럴 것이 갈라지고 피가 나고 심할 땐 누렇게 고름이 나기도 했다. 이맘때 아이들이 그런 모습을 보여주기 싫은 건 당연할 것이다. 피부염은 부끄러운 것이 아니라고 설명해주었지만 아이가 모르는 바는 아니다. 모르는 것과 보여주기 싫은 것은 다른 문제니까.

나는 이 아이를 2년 동안 만났는데 보통 주 2, 3회 드레싱을 해주었다. 한여름에 땀이 나면 붕대 밴드가 떨어져 갈아주고, 어떤 날은 피가 많이 나서 교체해주었다. 아이는 노는 것을 좋아해 점심시간엔 늘 운동장에서 놀았는데, 그때마다 땀을 잔뜩 흘리고 보건실에 오곤 했다. 그러다 5교시 시작종이 친 후에야 교실로 향했다. 점심시간에 몰리는 아이들을 피해 편안하게 치료를 받을 수 있을 거라 생각했던 것 같다. 아이와 나는 일부러 시간을 정한 것은 아니었지만 무언의 약속처럼 그렇게 순서를 지켰다.

보건실을 쉬는 시간이 아닌, 수업 시간에 가야만 하는 아이들이 있다.

하루는 왼손 손가락 마디 세 군데가 갈라져 피가 나서 온 적이 있었다.

"아프겠네."

"이만하면 괜찮아요. 어렸을 땐 이보다 더 심했어요."

"얼마나 심했는데?"

"의사선생님이 손가락을 잘라내라고 했어요."

아이들은 간혹 맥락 없이 말하는 경우가 있어 끝까지 들어보거나 되물어봐야 할 때가 있다.

"그러니까 손가락을 1cm 정도 돌려서 깎아내라고 했어요."

"놀랐겠네."

"아니요. 별로요. 선생님 제 발 보시면 더 놀라겠네요."

발을 보여달라고도 안 했는데 아이가 한쪽 양말을 벗었다. 선홍색 발바닥이 드러났다. 여기저기 피부가 벗겨지고 갈라지고 멀쩡한 데가 없었다. 피부가 안 벗겨진 곳보다 벗겨진 곳이 더 많았다. 아이는 다시 양말을 신고 나가며 말했다.

"그래도 요즘은 발에 피는 안 나잖아요. 이 정도면 살 만한 거죠."

스스로 나아지고 있다는 말을 하는 아이는 희망을 품은 아이다. 만성 질병을 앓는 아이들의 말속에는 군은살이 배겨 있다. 그 군은살 박인 희망의 말을 하기 위해, 수많은 절망의 순간을 겪어야 했을 것이다.

꽤 오랫동안 이 아이를 만났는데도 아이가 발에 피부염

이 있다는 것은 그날 처음 알았다. 보건실을 나갈 때 오리처럼 뒤뚱거리며 발 외측으로 걷는 모습을 보면서 아이의 걸음걸이가 참 독특하다는 생각만 했었다. 발꿈치가 갈라져서 그랬던 거였다. 아이들의 걸음걸이가 이상한 경우 피부에 문제가 있을 수 있겠다는 생각을 그제야 하게 되었다.

그날 산책길에서 벌레가 온전히 갉아먹고 잎맥만 남겨둔 참나무 나뭇잎 한 장을 발견했다. 잠자리 날개 같기도 하고 어찌 보면 예쁜 망사스타킹 같기도 했다. 볼수록 예뻤다. 작은 생명체에게 살을 온전히 내어주고 잎맥조차 흙이 되는 나뭇잎, 나는 벌레 먹은 나뭇잎 한 장을 가져와 책 속에 꽂아두었다.

벌레 먹은 나뭇잎
더러운 게 아니다
맛있다는 말이다

만성 피부염을 가진 아이의 피부

더러운 게 아니다

날마다 새로 생긴 아픈 조각들이다

선생님,
저는 죽을 고비를
두 번이나 넘겼어요

손톱을 물어뜯어 피가 나서 자주 오던 서윤이. 어느 날 보건실에 들어오자마자 토할 것 같다며 화장실에 다녀오더니 바로 또 화장실로 뛰어갔다. 서윤이는 소파에 앉아 서너 번 더 구역질을 했지만 아무것도 나오지 않았다. 아침밥을 거르고 왔고 약도 먹은 것이 없다고 했다. 서윤이 어머니의 전화번호를 찾아 수화기를 들었다. 서윤이는 내가 수화기를 들자마자 바싹 다가오더니 자기가 통화하기를 원했다. 아이는 엄마와 몇 마디 주고받더니 엄마가 보건실에서 쉬라고 했다며 얼른 전화를 끊기 바라는 눈치였다. 서윤이에게서 수화기를 받아 어머니의 말을 들어보았다. 서윤이가 근래에 집에서도 몇 번 그랬는데 금방 나아졌고, 요즘엔 이유 없이 쉬는 시간만 되면 학교에서도 자주 전화를 건다고 했다. 서윤이 어머니는 아이가 보건실에서 안정을 취할 수 있게 배려해달라고 부탁했다.

서윤이는 침대에 누웠지만 5분도 채 안 돼 일어나서 상담 탁자가 있는 공간과 처치대, 침대 사이를 왔다 갔다 했다. 그러더니 갑자기 멈춰 서서 말했다.

"선생님, 장염 말고도 어떤 병에 걸리면 울렁거리죠?"

"빈혈, 체했을 때, 두통, 멀미, 머리에 병이 있는 경우 등 이유는 많겠지."

"빈혈이 뭐예요? 머리에 병이 생겨도 나을 수 있어요?"

"그럼, 나을 수 있지."

"휴, 다행이다."

서윤이는 의자에 앉더니 갑자기 주머니에서 핸드폰을 꺼내 전화를 했다. 빈혈이 있어도 머리에 이상이 있어도 메스꺼울 수 있다며 귓속말하듯 소곤소곤 말했다. 그러곤 눕지도 않

지도 않고 다시 잰걸음으로 보건실 빈 공간을 왔다 갔다 했다. 빈혈인지는 어떻게 알아보냐며, 병원에 가서 주사를 맞아야 하냐며 물었다. 아이가 한 시간쯤 안절부절못하더니 증상이 덜해졌다며 교실로 갔다. 서윤이 어머니와 다시 통화를 해 아이의 증상에 대해 이야기하고 병원에 가도록 말씀드렸다.

   며칠이 지난 후 서윤이 담임선생님으로부터 병원 검사 결과 이상은 없었고, 소아정신과에 예약 날짜를 잡았다고 들었다. 서윤이는 상담 예약을 남겨두고도 울렁거린다며 자주 찾아왔다. 어느 날은 묻지도 않았는데 먼저 말을 꺼냈다.
   "선생님, 저는 죽을 고비를 두 번 넘겼어요. 한번은 인라인을 타다가 도로에서 넘어졌는데 얼굴을 심하게 부딪쳤어요. 그때 별이 보였고 정신을 잃었어요. 사람들이 저를 응급실에 데려갔대요. 일어나보니 얼굴에 피멍이 심하게 들어 있었어요. 지금도 오른쪽으로 누우면 얼굴이 빨갛게 변해요. 그래서 오른쪽으로 절대 눕지 않아요. 두 번째는 자전거를 타다가 낭떠러지로 떨어졌는데 자전거가 제 배 위에 있었대요. 어른들이 그러는데 만약 잔디가 없었더라면 전 죽었을 거래요.

그래서 자꾸 울렁거리는 건지도 몰라요."

"아팠겠네. 서윤아, 그 일이 언제 있었던 일인데?"

"일곱 살 하고, 3학년 때요."

"벌써 한참 전의 일인데도 그 기억이 자꾸 떠오르는구나."

"네, 선생님… 낫지 않는 병도 있어요?"

"그렇지. 그렇지만 대부분은 낫는 병이지. 특히 서윤이 같이 신체적으로 다친 경우는 거의 낫는 병이지."

"그런데 왜 저는 자꾸 걱정이 되죠? 만약 제가 낫지 않는 병에 걸리면 어떡하지, 또 다치면 어떡하지, 또 죽을 뻔하면 어떡하지, 엄마를 못 보게 되면 어떡하지… 그런 거요."

"그렇구나, 또 다칠까 봐 걱정이 되는구나."

"네."

"선생님도 세 살 때 홍수에 떠내려가다가 간신히 살았대. 계곡 옆 풀뿌리를 잡고 있었다더구나. 근데 지금 살아 있네? 또 너만 할 때는 두드러기가 심하게 나서 정신을 잃은 적이 있었는데 깨어보니 안방 천장이 보이더구나."

"진짜요? 와, 대박!"

예민한 것을 보통 나쁜 것으로 치부하곤 하는데 예민한

아이는 위험 상황을 더 잘 감지하게 되므로 다칠 확률이 낮아진다. 또, 몸의 작은 변화를 금세 알아채서 상처나 질병이 악화되는 것을 예방할 수도 있다. 하지만 예민한 것과 불안감이 높은 것은 분명 다른 이야기이다. 서윤이는 예민한 동시에 불안감이 큰 아이이다.

서윤이 어머니는 진료 날짜 전에 상담선생님과 상담하는 걸 동의했다. 상담 날, 서윤이는 상담선생님처럼 자신의 말을 잘 들어주면 불안한 마음이 가라앉아 편안하다고 했다. 교실에서 친구들은 자신의 말을 잘 안 들어준다는 것이었다. 서윤이 문제로 담임선생님과 통화했을 때, 안 그래도 서윤이가 친구들 사이에서 자기주장이 강하고 예민한 편이라 주의 깊게 살피는 중이라며, 좀 더 서윤이의 이야기를 잘 들어주려 노력하고 있다고 들은 적이 있다.

그 후 서윤이는 소아정신과에 다니며 상담 치료를 시작했다. 전보다 밝은 얼굴로 보건실에 왔고, 울렁증도 호소하지 않았다. 대신 새로 산 머리핀이라든가 친구에 대한 이야기를 했다. 그렇게 두서없이 이야기하다가 교실에 가야 한다며 황

급히 보건실을 나가곤 했다.

5학년 보건 수업에 들어가면서 서윤이를 교실에서도 만나게 되었다. 교실 문을 열자마자 서윤이 얼굴이 눈에 들어왔다. 맨 앞자리에 양손으로 턱을 괴고 앉아 있었다. 새하얀 얼굴에 큰 눈을 말똥말똥 뜨고 집중하는 모습이 보기 좋았다. 손톱을 심하게 물어뜯는 버릇은 여전한 듯했지만. '건강의 이해' 단원에서 마음이 건강하지 못할 때도 치료를 받아야 한다는 내용으로 수업을 했다. 몸이 아프면 치료를 받듯 마음이 건강하지 못하여 힘들다면 치료를 받는 것이 부끄러운 일이 아니라고 알려주었다. 그러자 서윤이가 큰 목소리로 맞장구를 쳤다. "맞아요. 선생님, 저도 상담 치료 다녀요. 그래서 저는 불안증이 조금씩 사라지고 있어요." 나는 아이들을 둘러보며 말했다. "여러분도 그렇게 생각하나요?" 그러자 같은 반 친구들도 모두 "네!"라고 말하며 서윤이를 보았다.

서윤이는 손 씻기 뷰박스 실습 시간에 누구보다 손을 깨끗이 씻고 왔으며, 치면 착색제를 활용한 칫솔질 실습 시간엔 반짝반짝 윤이 나게 이를 닦고 왔다. 가끔 보건 수업 시작 전 쉬는 시간에 보건실에 와서 옮길 물건이 없냐며 묻기도 했다.

그 후 서윤이는 1년간 매주 서너 번은 보건실에 왔다. 서윤이와 특별히 깊은 대화를 나눈 건 없다. 그냥 물을 마시게 하고 앉아 있다 가는 걸 허락해주었다. 가끔 아이들이 뜸할 땐 아이의 일상을 들어주기도 했다. 한 학기가 끝날 무렵엔 표정이 밝아지고, 자라기가 무섭게 손톱을 물어뜯어 밴드를 붙여달라던 손가락도 조금씩 아물기 시작했다.

아이들의 몸과 마음이 모두 건강할 수 있기를, 그리고 아이들의 작은 아픔도 제때 발견해 도와줄 수 있는 어른들이 더 많아지기를 바란다.

불면증은
어떻게 해야
낫죠?

주영이가 보라색과 오렌지색 물약 두 개를 툭 하고 던지듯 내 책상에 내려놓았다.

"선생님, 금요일에 비를 많이 맞아서 병이 난 거래요."

"그래? 이 약은 그래서 먹는 약이니?"

"네, 근데 약을 먹어도 아파요."

"몸살이 단단히 들었나 보구나."

체온계를 귀에 넣고 버튼을 눌렀다. 37.1도. 주영이를 침대에 눕히고 온열장판을 끝까지 올려주었다.

하루 전날 하교 시간을 훌쩍 넘긴 4시경, 갑자기 굵은 빗줄기가 떨어졌다. 열려 있던 창문을 닫으려고 운동장 쪽을 내다봤는데 어깨가 축 처진 주영이가 비를 맞으며 천천히 교문을 향해 걸어 나가고 있는 모습을 보았다. 나는 아이에게 비를 맞은 이유를 묻지 않았다.

주영이는 5학년 겨울방학을 앞두고 불면증이 있다며 왔었다. 1교시가 시작되기 전, 아침 일찍 문을 열고 들어와 다짜고짜 물었다. 불면증은 어떻게 해야 낫냐고. 누구와 함께 자는지 방이 춥거나 덥지 않은지 등을 물어보았다. 그때 주영이가 엄마, 2학년인 여동생과 셋이 한 방에서 지낸다는 걸 알게 되었다. 잠이 들려고 하면 엄마가 밤늦게 들어와서 잠에서 깬다고 했다. 다시 자려고 해도 집안 걱정에 잠이 잘 안 온다고 털어놨다. 주영이는 어떤 걱정이 있는지에 대해선 말하고 싶어 하는 것 같지 않았다. 그래서 나도 묻지 않았다. 그날 주영이에게 나의 평소 불면증 대처법을 말해주었다.

"선생님은 낮에 걷기를 많이 하고, 밤에는 책을 보면 잠이 잘 오던데."

그러자 자신은 태권도를 다녀서 운동은 매일 하고, 대신 집에는 책이 없다고 했다. 학교에서 책을 빌리고 싶어도 대출증을 잃어버린 지 1년이 되어간다는 말을 하면서도 주영이는 연신 하품을 하고 눈이 반쯤 감겨 있었다. 아이를 침대에 눕히고 십여 분이 지났을까, 코 고는 소리가 보건실을 가득 채웠다. 2교시에는 올려보내려 했지만 이름을 여러 번 불러도 깨지 않을 정도로 깊이 잠들어, 결국 3교시가 시작될 무렵 어깨를 흔들고 머리를 흔들어 깨워 겨우 교실로 보냈다.

그날 사서선생님에게 주영이의 사정을 이야기하자 흔쾌히 대출증을 만들어주었다.

다음 날 주영이가 아침 일찍 가방을 멘 채 보건실에 왔다.

"어제는 다섯 시간이나 잤어요."

"그래?"

아이는 던지듯이 책상에 책을 내려놓고는 한 발 뒤로 물러나 내 시선을 피했다. 《널 만나서 정말 다행이야》라는 책이었다. 사서선생님이 추천해준 책이라고 한다.

"읽어보니 어땠어?"

"좋았어요."

주영이는 다음 날에도 왔다. 이번엔 일곱 시간이나 잤다고 자랑했다. 주영이는 사흘간 수면 시간을 통보하러, 그림책을 몇 권이나 읽었노라며 알려주러 아침마다 보건실에 들렀다. 그날 이후 주영이는 도서실에서 매일 책을 빌려갔다고 한다. 한동안 주영이는 두통, 복통, 무릎 등 여기저기 아프다고 자주 왔는데 그때마다 한 손에는 항상 그림책을 들고 있었다. 언제나 그렇듯 책을 툭 던지듯이 내려놓았다. 말을 거는 주영이만의 방식이다. 그렇게 주영이는 한 달간 사서선생님이 추천해주는 그림책을 빌려 읽었다.

주영이가 가져온 물약 속 가루약이 침전물이 되어 완전히 가라앉을 즈음, 주영이가 이불을 젖히고 일어나 앉으며 말했다.

"선생님, 어깨랑 오른팔이 많이 아파요."

혹시 열이 오르나 싶어 체온계를 귓속 깊숙이 넣었다.

"지금 열은 없지만 열이 나려고 그럴 수도 있고, 감기 몸살로 근육이 아플 수도 있어."

"그게 아니고요. 저 학교 대표로 투포환 선수에 뽑혔어요. 어제 투포환 던지기 해서 아픈 거예요."

"와, 선생님은 들 수도 없는 투포환을 주영이는 던질 수 있다니 대단하다!"

평소 두 어깨를 축 늘어뜨리고 다니는 주영이의 어깨가 한 뼘은 더 내려간 것처럼 보였다. 적외선 찜질기를 어깨 방향으로 맞춰 '강'으로 누르고 다시 누우라고 했다. 15분에 맞춰놓은 적외선 찜질기 불이 꺼졌다. 어깨에 파스를 뿌려주고 테이핑을 해주며 말했다. 연습도 좋지만 무리해서 어깨를 사용하는 것은 조심해야 한다고. 주영이는 "네"라고 말하며 가져온 물약을 주머니에 넣고 보건실을 나갔다.

그 후 주영이는 아침마다 투포환 던지기 연습을 했고, 투포환 선수로 성적이 좋아 대회에서 상까지 받았다. 하지만 주영이는 투포환 던지기 대회가 끝났는데도 양쪽 어깨에 투포환을 얹고 걷는 것처럼 늘 축 처져 있고 표정도 어두웠다.

나중에 상담선생님을 통해 알게 되었는데 주영이네는 새 가정을 꾸렸고, 그로 인해 엄마와 사이가 좋지 않아 힘들어했다고 한다. 담임선생님 말에 의하면 주영이는 수업 시간에 엎드려 자는 것은 예사였고, 잠을 깨고 오라고 내보내면 그때마다 보건실에 갔다는 것이다.

언젠가 만약 투포환 선수가 되면 그게 엄마에게 좋을까요, 라고 물었던 주영이. 누구를 위해 투포환을 던지든 아이의 걱정이 투포환에 실려 좀 더 멀리 던져졌으면 좋겠다. 처진 두 어깨가 조금이라도 봉긋 솟아났으면 좋겠다.

────────── 새가
            날개를
            다친 것 같아요

1교시가 시작될 무렵 한 아이가 살금살금 들어와 실내화 가방을 열어 보여준다. 가방을 들여다보니 손가락 두 마디만 한 어린 새가 웅크리고 앉아 있다.

"선생님, 학교 오는데 얘가 화단 나무 아래에 있었어요. 근데 제가 가까이 갔는데도, 살짝 건드려보았는데도 날아가지 않아요. 날개를 다친 걸까요?"

아이는 내 얼굴과 새를 번갈아 보며 말했다. 살짝 건드려보았는데 날지도 않고 일어나 걷지도 못한다. 날개를 다친 건지, 다리를 다친 건지 알 수 없었다. (나중에 새가 날아가는 모습을 보고 나서야 나무에서 떨어져 잠시 기절했던 게 아닌가 싶었다.)

거즈 한 장 위에 새를 꺼내 올려놓았다. 작은 새는 움직임 없이 웅크리고 앉아 가끔 주둥이를 벌리고 작은 소리로 찍찍 울기만 했다. 아이에게는 새가 나무에서 떨어져 충격으로 잠시 날지 못하는 것일 수도 있으니 일단 상자에 넣어두자 하고, 1교시가 시작되어 교실로 올려보냈다.

새가 든 상자를 창가에 놓고 책상에 앉아 업무를 시작했다. 처음엔 "찍찍찍" 작은 소리로 울더니 시간이 지날수록 더 자주 울며 소리도 더 커지기 시작했다. 계속 신경이 쓰였다. 혹시 날 수 있을까 싶어 상자 뚜껑을 열어보았는데 날지는 못했다. 언제 날게 될지 모르니 창문을 열고 상자를 창가에 가져다 두는 것이 좋을 것 같았다. 몇 분 지나지 않아 놀라운 일이 벌어졌다. 창밖에서 새 한 마리가 창가로 날아와 창문가에 앉아 큰 소리로 몇 번 울어대는가 싶더니 다시 날아가는 것이었다. 날아가는 모습을 보니 아기새와 종류가 같은 새였다. 나중에 인터넷 검색으로 직박구리라는 것을 알게 되었다.

그 후 더 놀라운 광경이 펼쳐졌다. 날아갔던 새가 10분 후 다시 날아왔는데 입에 벌레를 물고 온 것이다. 어미새로 추정되는 새는 창문 앞 허공에서 이리 갔다 저리 갔다 하며 날갯짓을 했다. 앗, 방충망이 닫혀 있다. 나는 살금살금 다가가 상자를 기울여놓고 방충망을 열었다. 책상으로 조용히 돌아와 의자에 앉아 그 모습을 지켜보았다. 잠시 후 날아온 새가 벌레를 상자 가까이 놓고 날아갔다. 궁금해서 다가가 보니 아기새가 상자 끄트머리에 앉아 있고 벌레는 없는 상태였다. 아기 새가 벌레를 먹은 것이다. 그리고 잠시 후 또 한 마리의 새가 날아와 창밖에서 큰 소리로 울어댔다. 얼른 힘내서 날갯짓을 해보라는 신호처럼 들렸다. 보건실 창가는 순식간에 새소리로 야단이었다. 그렇게 어미, 아비로 추정되는 새 두 마리가 창가를 맴돌며 한참을 소란스럽게 울어댔다.

마치 생생한 자연 다큐 한 편을 보고 있는 듯했다. 그 사이 다쳐서 온 아이 한 명이 새들이 왜 저러냐고 신기해했다.

이후, 더 놀라운 일이 벌어졌다. 아기 새는 상자에서 기어 나와 내가 있는 보건실 안쪽으로 돌아앉더니 "짹짹짹" 몇

번 울고는 다시 뒤돌아 마치 숙련된 수영 선수가 다이빙을 하
듯 화단 안 개나리 덤불 속으로 미끄러지듯 날아갔다. 곧이어
어미 아비 새로 추정되는 두 마리 새가 새끼가 날아 들어간
개나리 나무 옆 향나무에 앉아 "삐이익-삐이익-" 긴 환희의
울음을 내지르는 것이었다.

경이로움 그 자체였다. 그날의 내 심장박동을 잊지 못한
다. 이런 걸 혼자만 보다니 너무 아까웠다. 새를 데려온 그 아
이와 같이 봤어야 하는데 말이다. 다행히 그 찰나를 짧게나마
동영상으로 남겨둔 게 있어서 아이가 새를 보러 왔을 때 보여
주었다. 아이에게 새의 놀라운 비행 순간을 흥분하여 설명해
주었다. 새 이름은 직박구리이며, 어미 아비 새가 잡아온 벌
레를 받아먹고 스스로 날아갔고, 날아간 곳은 개나리 나무이
며, 네가 참 좋은 일을 했노라고 말해주었다. 아이는 입가에
환한 미소를 지으며 새가 날아간 나무 쪽을 한참 바라보았다.

학교는 야산과 공원이 인접해 있어 여름철에 열어둔 창
문으로 새들이 종종 날아들곤 했다. 언젠가 새 한 마리가 필
로티에 들어와 출구를 찾지 못하고 끊임없이 머리를 창문에

부딪치는 것을 목격한 적이 있다. 창문과 출입문을 열어주어도 새는 좀처럼 출구를 찾지 못했다. 그 새는 열린 문이 모두 아래에 있는데도 위로만 날려고 하는 것이었다. 수십 번 머리와 날개를 부딪쳐도 날갯짓을 멈추지 않았다. 그러다 힘이 다 빠져서인지 창문가에 한참을 꼼짝 않고 앉아 있었다. 힘이 빠져 더 이상 높이 날 수 없어서일까, 그제야 새는 자기 앞에 있는 낮은 창문을 발견해, 작은 창문으로 빨려 들어가듯이 시원스레 날아갔다.

그날 새를 보며 나도 지쳐 쓰러질 때까지 일하지 말아야지, 지칠 때 다시 날아갈 힘을 얻으려면 높이 날려고 하지 말아야지, 앞만 보고 돌진하지 말아야지, 라는 다짐을 했다.

보건교사로 일하며 가끔 마음의 무게가 너무 무거워 감당하기 힘들 때, 나를 향해 돌아앉아 울었던 새끼 직박구리의 울음을 떠올릴 것이다. 고 작은 몸짓으로 경이로움을 선물한 직박구리와 생명을 살린 한 아이의 미소도 생각하겠다.

선생님도
아파봤어요?

"배 아파요. 오늘만 약 주세요."

(눈을 크게 뜨면)

"그럼 물만 마시고 갈게요."

(입꼬리에 힘을 주면)

"밴드 두 개만 가져갈게요."

(끝까지 아무 말도 안 하면)

"선생님, 사랑해요."

"그래, 나도 진영이 사랑해요."

처음 진영이가 보건실에 온 건 2학년 새 학기가 시작될 무렵이었다. 노크도 없이 출입문을 열어젖히고 뛰어 들어온 진영이는 하얀 얼굴에 쌍꺼풀이 짙은 동그란 눈을 부릅뜨고 책상 앞으로 바짝 다가왔다. 꽉 다문 입술 주위로는 김칫국물이 잔뜩 묻어 있었다. 진영이는 두 손을 모아 내 의자 팔걸이를 꽉 잡고 말했다.

"선생님, 배 아파요. 약 주세요."

진영이는 뚫어질 듯 나를 쳐다보았다. 보통 아이들 같으면 아프다고만 하지 약을 달라고 하지는 않는다. 경험으로 미루어볼 때 약을 먼저 달라고 말하는 아이는 처한 상황에 이유가 있는 경우가 대부분이다. 어머니께 바로 전화를 했지만 받지 않았다. 그러자 진영이는 자신의 손목을 내밀었다. 키즈폰의 통화 버튼을 누르자마자 "응, 진영아" 하고 나직하며 부드러운 목소리가 들렸다. 진영이는 엄마 목소리가 나오자마자 큰 소리로 말했다.

"엄마, 배 아파요. 집에 갈래요."

나는 아이가 급식을 먹고 왔다고 전했다. 어머니는 약은 주지 말고 쉬게 해달라고 요청했다. 전화를 끊고 진영이에게

침대에 누우라고 했지만 보건실을 빠른 걸음으로 빙빙 돌며
서너 차례 더 엄마에게 전화를 걸었다. 엄마가 일부러 전화를
받지 않는다는 느낌이 들었다. 진영이에게 찜질을 하고 쉬면
나아질 거라고 말했지만, 진영이는 고개를 양옆으로 여러 번
반복해서 빠르게 저으며 이것저것 물건을 만지기 시작했다.
교육용 아기 인형을 달라, 머그컵을 달라, 볼펜을 달라, 눈에
보이는 모든 것을 달라고 했다. 학교 공용 물건이기 때문에
줄 수 없다고 반복해 설명했지만 소용없었다. 결국 캐릭터 밴
드 한 개를 주는 것으로 상황을 마무리했다. 진영이는 밴드를
받더니 언제 배가 아팠냐는 듯 아무렇지도 않게 겅중겅중 뛰
어서 보건실을 나갔다.

　　그날 이후 진영이는 거의 매일 비슷한 시간대에 똑같은
이유로 보건실에 왔다. 어떤 날은 서너 번 오기도 했다. 그때
마다 나도 똑같은 말로 대했다.

　　"선생님, 배 아파요. 약 주세요."

　　"약은 안 돼. 진짜 많이 아플 때만 먹는 거야. 보리차만
마시고 가자."

　　"선생님, 밴드 주세요."

"한 개만."

그렇게 1년이 지난 어느 날 진영이가 평소와는 다르게 말했다.

"선생님, 배 아파요. 약은 진짜 아플 때만 먹어요. 밴드는 한 개만요."

나는 그날 기분이 좋아 무엇이라도 주고 싶었지만 참았다. 언젠가 준 비타민 하나로 몇 주 동안 비타민을 달라고 떼를 써서 힘들었던 경험을 되풀이하고 싶지 않았기 때문이다. 그리고 또 한 학기쯤 지났을 때의 일이다.

"선생님, 보리차만 마시고 가요? 선생님, 아픈 언니 오빠한테는 말 시키지 마요? 보건실에선 떠들면 안 돼요?"

자기 말만 하던 진영이가 내가 반복해서 했던 말을 정리해서 말하기 시작했다. 진영이가 스스로 이렇게 말하고부터는 진영이를 대하는 시간도 짧아지고 아이와 실랑이를 벌이는 일도 현저하게 줄어들었다.

다시 두어 달이 지났을 무렵, 복도에서 토했다며 입가에 토물이 잔뜩 묻은 채로 진영이가 울며 뛰어 들어왔다.

"선생님, 진짜 아파요. 약 주세요."

"토하는 중에는 약을 먹는 게 아니야."

세수를 시키고 침대에 눕게 하자 진영이가 여느 때와는 달리 눈물을 글썽이며 힘없는 표정으로 물었다.

"선생님, 선생님도 아파봤어요?"

"응."

"선생님도 토할 땐 약 안 먹었어요?"

"응."

그러자 진영이는 더 이상 묻지 않았다. 처음으로 침대에 누워 엄마가 올 때까지 깊은 잠을 잤다.

그날 이후 진영이는 보건실에 올 때마다 스스로 컵을 꺼내 물을 따라 마셨다. 작년 겨울엔 학급 벼룩시장에서 샀다며 엄지손가락만 한 다람쥐 인형을 내게 주고는 자신한테도 얼른 선물을 달라며 떼를 썼다. 그날 진영이의 두 볼을 닮은 다람쥐 인형을 컴퓨터 모니터 아래 잘 보이는 곳에 붙여 놓았다. 그날 진영이는 결국 양치 세트를 받고 나서야 떼를 쓰지 않았다.

진영이가 4학년이 된 첫날, 보건실 문을 열고 들어와 말했다.

"선생님은 그대로다."

아이는 뒤돌아서 몇 발자국 가다가 되돌아와 말했다.

"내 다람쥐도 그대로다."

진영이는 그 이후에도 5학년이 될 때까지 하루걸러 한 번은 보건실에 왔다.

"선생님, 보리차만 마시고 갈게요. 하루에 한 번만 와요? 밴드는 딱 한 개만요."

어떤 아이가 하루 만에 배우는 것을 어떤 아이는 1년에 걸려 배운다. 세상에 같은 시간을 사는 아이는 없다.

10월의
어느 날

출근하는 길에는 어린 꽃사과 나무가 한 그루 있다. 나무 밑동부터 가지 끝까지 덥수룩한 꽃사과 나무를 보노라면 헝클어진 머리로 다니는, 가정에서 돌봄이 잘 이루어지지 않는 아이들이 생각난다.

몇 년 전 10월, 유난히 그런 아이들이 오던 날이었다. 가을은 아이들의 입술에서 온다. 이맘때 입술이 트는 아이들이 생겨난다. 목감기와 콧물감기도 는다.

① 가끔 내가 할 말을 아이들이 대신해줄 때가 있다

아이 둘이 가방을 멘 채 들어온다. 그중 한 아이가 말한다.

"아침부터 보건실에 왔네."

"신발을 신으려는데 발이 아팠어요."

"새 신발 신었구나."

"그건 잘 모르겠어요."

"새 신인지 신던 신발이었는지 가만 생각해봐. 아니면 어제 네 발로 했던 일 중에 무슨 일이 있었나도 생각해보고."

"아… 맞다. 어제 아빠랑 자전거 타고 멀리까지 갔었어요. 발이 너무 아팠어요."

"그래서 그런 거 같지 않니?"

"네, 맞아요."

아이는 함께 온 아이와 깔깔대며 나간다.

오늘 하루도 아이들의 웃음처럼, 아침햇살의 깔깔거림처럼, 깔깔한 10월의 날씨처럼, 깔깔깔 잘 굴러갔으면 좋겠다.

② 스케줄이 바쁜 아이

집에서 국을 쏟아 허벅지에 2도 화상을 입은 아이가 왔다. 가로세로 약 10cm나 되는 넓은 화상이다. 병원에 안 갔냐고 물으니 스케줄이 바쁘다고 엄마가 내일 간다고 했다는 것이다. 멸균 바셀린 거즈 드레싱을 해줬다. 오늘 병원에 가는 게 좋겠다고 말하자 아이는 "오늘 방과후 수업해야 하고 바로 영어 다녀오면 일곱 시에 오는데요"라고 말했다. 화상은 빠른 치료가 중요하다. 아이의 핸드폰으로 스피커폰을 켠 뒤 어머니께 전화를 했다.

"엄마, 보건선생님이 오늘 병원 가래요."

핸드폰 너머에서 어머니의 목소리가 들려왔다.

"오늘은 학원 가야 하니까 낼 아침에 간다고 해."

"어머님, 화상의 정도가 심하니 오늘 가시는 게 좋겠어요."

어머니가 아무 말 없이 전화를 툭 끊는다. 아이도 나도 잠깐 어색한 얼굴로 서로 쳐다보았다. 아이에게 혹시라도 오늘 못 가면 내일은 꼭 가라고 당부하고 드레싱한 부위를 조심하라고 말해주었다.

③
새벽 기도를 가는 아이

일주일째 졸린 눈으로 오는 6학년 아이가 있다. 손샅에
물집이 생겼다고 왔는데 이유는 다른 데 있다. 눈이 반쯤 감
겨 있다. 손가락 사이를 치료하고 돌려보냈지만 내가 다른 아
이들을 보는 사이 다시 와서 소파에 앉아 졸고 있다. 아이의
이름을 부르자 깜짝 놀라 깼다. 졸리냐고 묻자 머리가 아프
다고 한다. 잠이 부족해도 머리가 아플 수 있다고 말하자 아
이는 어머니와 새벽 기도에 가고 있다고 했다. 네 시에 가서
여섯 시에 온다고. 아이가 아플 때 누가 올 수 있냐고 물으면
아이의 대답은 한결같이 엄마가 교회 일로 바빠서 오기 힘들
다고 말한다. 매일은 아니지만 교회 행사 기간이면 새벽 기도
에 따라가는 것 같았다. 담임선생님은 아이가 잠이 부족해서
학교에서 존다는 말을 어머니에게 이미 전했다. 그날 아이를
한 시간 재워서 교실로 보낼 수밖에 없었다.

④
집에 가고 싶은 아이

준호는 보건실에 들어오자마자 "수족구 걸렸어요"라고 외친다. 수족구는 법정 감염병이라 학교에 오면 안 된다고 말하자, "그게 아니고요. 수족구일지 몰라요"라고 말을 바꾼다. 입 주변으로 자잘한 발진이 잔뜩 돋았다. 입안과 손, 발바닥에는 없다. 아이의 입 주변에 연고를 바르고 수족구가 아닌 것 같다, 라고 말하자 실망한 표정으로 나간다.

⑤
과자가 약이래

배가 아픈 아이, 머리가 아프다는 아이, 축구 골대에 다리를 부딪힌 아이. 두 개의 침대와 소파에 삼각 구도로 눕혀 놓고, 양치를 하러 가려는데 당뇨가 있는 아이가 어지럽다고 들어온다. 검사 결과 '50'이 나왔다. 포도당 캔디 다섯 개와 비스킷 몇 개를 주었다. 다리를 부딪쳐 정강이가 부은 아이는 병원에 가려고 어머니를 기다리는 중이다. 이 아이의 같은 반 친구가 가방을 들고 왔다. 상담 탁자에는 아이 셋이 앉아 있다. 다리를 다친 아이, 다리를 다친 아이에게 가방을 가져다주고 위로하는 아이, 혈당이 낮아 과자를 먹는 아이, 재잘재잘 이야기를 나눈다. 그때 한 아이가 들어와 야금야금 과자를 먹는 아이를 부러운 눈치로 쳐다본다. 쟤는 왜 보건실에서 과자를 먹냐고 물어보자, 그럴 만한 이유가 있다고 옆에 앉은 같은 반 친구가 말한다.

"과자가 약이래."

⑥
온 세상이 뿌예요

온 세상이 뿌옇다며 온 아이가 있다. 왜 그럴까? 아이에게 물어보니 모르겠다고 한다. 안경을 벗어보라고 했다. 안경을 오래 닦지 않아 지저분하다.세상이 뿌연 게 아니라 안경이 뿌연 거라고 말해주었다. 아이는 안경을 살펴보더니 정말 그렇다며 놀라워한다. 아이가 새로운 세상이라며 뛰어나갔다.

선생님, 일주일에 2cm가 클 수 있을까요?

돌아오는 주말에 처음으로 놀이공원에 간다는 아이가 사흘째 와서 키를 잰다. 2cm를 클 수 있는 방법을 알려달라고 조른다. 나는 일주일 만에 2cm를 크긴 어렵겠다고 말했다. 그랬더니 한 아이가 운동화를 신고 밖에서 재면 2cm는 더 나올 거라고 얘기했다. 함께 온 다른 아이가 요즘은 키를 꼼꼼하게 잰다면서 친구를 걱정했다.

⑧

열이 나는지 재러 왔어요

1학년인데도 또박또박 말하고 자신의 의사를 분명히 밝히는 아이들이 있다. 자신은 참을 만한데 엄마가 몸이 힘들면 보건실에 가라고 했다는 것이다. 열을 재보니 38도. 혹시 열이 나면 어떻게 하라고 했니, 라고 묻자 아이가 핸드폰을 꺼내 '예쁜 울 엄마'를 누른다. 아이 가방에 해열제를 넣었으니 그걸 먹여달라고 한다.

엄마가 오래 아프면 아이도 아프다

"선생님, 배. 아. 파. 요~" 언제나 이렇게 말하며 책상을 두 손으로 잡고 엉덩이를 뒤로 빼고 나를 쳐다보는 1학년 가영이. 평소는 보리차만 마시고 찜질 10분이면 괜찮다고 가곤 했는데 오늘은 심상치 않아 보인다.

"선생님, 배. 아. 파. 요~~"가 길다.

"병원에 안 갔어?"

"네, 아빠가 나를 고모네에 데려다 놨어요. 오늘 거기에서 오는 거예요."

쌀쌀한 날씨에 아이는 민소매 원피스에 바람막이 잠바 하나를 걸치고 왔다.

"그럼 누가 오실 수 있니?"

"아무도 못 와요."

"엄마가 저번에 119 타고 병원에 갔어요. 근데 지금은

207

집에 있어요."

아이의 엄마는 어딘가 아픈 게 틀림없어 보인다. 학기 초
부터 내내 배가 아프다고 한 아이다. 도무지 학교 생활에 적
응을 못 해 담임선생님이 무척 신경을 썼는데 2학기가 되어
아이는 또다시 학기 초로 되돌아가고 있다.

⑩
꾀병이 병인 아이

2주 전부터 자주 보건실에 오는 아이가 3교시에 배가 아
프다고 왔다. 곧 밥을 먹을 시간이니 참아보라고 하고 교실로
보냈다. 아이가 나가자마자 담임선생님으로부터 이런 메시지
가 왔다.

"선생님, 요즘 유은이가 꾀병을 자주 부려요. 하기 싫은
거 있을 때, 거짓말해서 들통났을 때, 오늘도 1, 2교시 계속
딴짓하고 떠들다가 학습지 다 못 풀어서 따로 빼두고 아무것
도 못 하게 했더니 전담 시간에 아프다면서 또 연극을 하네
요. 아프다고 하면 보건실에 갈 수 있다고 생각하는 거예요.

아까도 수업 시간에 자꾸 떠들고 옆 친구 활동 방해해서 뒤에서 있으라고 했더니 조용히 '앗싸'라고 말하는 아이예요. 연기력이 뛰어나요. 오늘은 집으로 보내고 학부모님과 이야기 좀 하려고요."

가끔 어떤 아이들은 지루함을 참지 못해 몸살이 나는 경우도 있는 것 같다. 근데, 그게 아이들의 본성이 아닐까. 고백하건대 나는 그런 아이들이 너무 힘들고 지루해 보여 꽤 여러 차례 눈감아준 적이 있다.

⑪
그래도

고도비만이 있는 아이가 들어온다.

"어제 태권도에서 발등을 부딪쳤어요."

"발등이 약간 부은 거 같네. 웬만하면 오늘 태권도는 쉬는 게 좋겠네."

"그래도 엄마가 가래요."

붕대를 감아주고 체육활동을 하지 말라고 말했다. 아이

가 나가다가 멈칫하더니 뒤돌아서서 묻는다.

"선생님, 그래도 아프면 어떻게 해요?"

"병원에 가야지."

"…."

'그래도'라는 말은 아이의 처지마다 다르게 쓰인다. 이 아이의 '그래도'는 '포기, 걱정'을 가진 '그래도'이다. 그래서 어떤 아이의 '그래도'는 슬프다. 내 답변이 해결책이 될 수 없다는 걸 알면서도 병원에 가보라는 말을 해줄 수밖에 없으니 말이다. 이럴 때 나의 일에서 무력감을 느끼곤 한다. 이때 내 말은 의미를 잃고 허공에서 사라지는 말이다.

⑫

선생님이 책임질 거예요?

"선생님, 파상풍에 걸리면 어떻게 해요? 녹슨 철에 긁혔어요."

쉬는 시간을 절대 거르지 않고 운동장을 누비는 5학년 남자아이가 뛰어 들어온다. 가운뎃손가락에 피가 방울방울

맺힌다. 피부 거죽이 살짝 긁혔다. 거품 손세정제를 사용해 피를 짜내며 물로 씻도록 했다. 손을 씻고 나서도 파상풍이 두렵다고 서너 차례 말을 건다.

"이 정도로 파상풍이 걸리진 않아."

아이를 안심시키고 베타딘으로 소독을 해서 교실로 보냈다. 아이는 만약 걸리면 선생님이 책임지라고 한다. 그러겠다고 눈을 바라보며 말해준다. 이런 아이에겐 확신을 주는 말이 필요하다. 그래야 마음 편히 하루를 보낼 수 있다.

⑬
아플 때 웃으며 말하는 아이

윤서는 아플 때면 내 왼팔을 두 손으로 꼭 붙들고 눈으로 웃으며 작은 소리로 말한다.

"선생님, 감기약 주세요!"

내게 초능력이 있다면 이 아이의 감기를 다 낫게 하는 것은 물론 한여름 무더위에도 걸어 다니는 아이를 위해 집까지 순간이동이라도 시켜주고 싶다. 윤서는 콧물감기쯤으론 병원에 안 가기 때문에 올 때마다 약을 줄 수밖에 없다. 초등학생 아이들이 아프다고 약을 먼저 달라고 하는 경우는 드물다.

⑭ 아이유의 삐삐

수업 시간인데 복도에서 아주 작은 음악 소리가 반복적으로 들린다. 복도 어딘가에 스마트폰이 켜져 있고 그곳에서 노래가 흘러나오는 것 같다. 무한 반복이다. 쉬는 시간에 옆반 선생님한테 말해야지, 하고 생각하는데 배가 아프다고 다 죽어가는 얼굴로 와서 소파에 앉아 있던 영은이가 일어나 칸막이 뒤에서 내 눈을 피해 춤을 춘다. 영은이는 내가 거울에 비친 모습을 볼 수 있다는 걸 모르는 것 같다. 나는 잠시 후 모른 척하고 말한다.

"영은아, 이제 교실로 올라가야겠다."

영은이가 춤을 추며 나간다. 종일 노래 가사가 머릿속에서 맴돈다.

'스캐너 스캐너…. 기분을 알 수 없는 저 표정은 뭐람?

스트레스 때문인가? 오늘은 몇 점인가요?'

⑮
붕대가 약이 되기도

발목을 삐거나 조금만 아파도 붕대를 감아달라는 5학년 아이, 붕대를 감으면 발이 기분 좋아진다는 아이, 맨발로 다니는 이 아이는 엄마가 간호사라는데 아파도 병원에 안 간다. 엄마 얘기만 하면 눈물을 글썽이는 아이는 엄마가 항상 참으라고만 했다고 한다. 아이의 눈 속엔 그렁그렁 눈물이 자주 고인다.

⑯
때론 눈감아준다

"선생님, 누가 보건실 문 앞에 있는 알림판을 '병원 후송'이라고 돌려놓고 갔어요."

"그래? 누가 장난을 쳤나보구나."

"그래서, 제가 보건실이라고 바꿔 놨어요."

"고마워, 다음에도 지나가다가 누가 돌려놓고 가는 거보면 준수가 바르게 해주면 좋겠다."

"네" 하고 대답하는 준수의 얼굴에 순간 굳은 표정이 드러났다. 언젠가 복도에서 준수가 알림판을 이리저리 돌리다 '출장 중'으로 돌려놓고 가는 걸 본 적이 있다.

⑰ 우리 몸 어디든 쓸 줄 알아야 한다

1학년 아이가 손이 아프다고 가운뎃손가락을 하늘로 쳐들고 왔다.

"선생님, 손이 아파요. 손이요."

아픈 데를 쓰는 칸에 쓰라고 하자 아이는 '손'을 쓸 줄 모른다고 한다.

"손을 글자로 쓸 줄 알아야 정말 필요할 때 도움을 받을 수 있어."

아이에게 큼지막하게 '손'이라는 글자를 써주고 안 보고 쓸 수 있을 때까지 여러 번 써보라고 했다.

얼마 후, 손을 쓸 줄 몰랐던 그 아이가 발이 아프다며 왔다. 이번엔 '발'도 쓸 줄 모른다고 한다. '발'을 써주고 열 번 쓰라고 시켰다.

"이제 손은 쓸 수 있어?"

"네!"

목소리가 우렁차다. 아이가 드디어 손을 쓴다. 나는 엄지척을 해줬다. 아이의 입가에 웃음이 번진다.

"이제 발도 쓸 줄 알지?"

우리 몸의 모든 곳 이름은 글자로 쓸 줄 알아야 아픈 곳을 치료할 수 있다고 다시 말해줬더니, 아이가 "네"라고 씩씩하게 대답했다.

⑱

함께 아프다가 함께 낫는다

체육을 마친 같은 반 아이들이 대여섯 명 우르르 몰려와 발목, 손등, 눈 골고루 적는다. 피구를 하고 모래 놀이터에서 놀고 왔다. 아이들은 누가 아프면 덩달아 아프다. 그중 늘 자주 오는 아이는 눈을 못 뜨겠다고 아우성이다. 세수를 시키고 혹시라도 눈 속에 이물이 들어갔나 살폈지만 아무것도 없다. 워낙 엄살이 심한 아이지만 그래도 일단 아이의 말을 믿는다. 잠시 후 복도에서 아이들이 언제 아팠냐는 듯이 복도를 뛰어다닌다.

4

학교를 지키는
단 한 명의
의료인

보건교사가 겪는
외상 후
스트레스

사이렌이 울리자 모두들 우왕좌왕하더니 운동장으로 모여들었다. 군용차를 탄 사람들, 적인지 아군인지 알 수 없는 군인들이 구호를 외치며 트럭을 타고 지나갔다. 먼 하늘에선 미사일 소리가 요란했다.

그때, 총알이 바로 내 앞에 떨어졌다. 공포에 사로잡혀 앞으로도 뒤로도 움직이지 못했다. 몇 발자국 걷다가 운동장을 벗어나는 것이 오히려 위험하겠다는 판단이 들어 최대한 자세를 낮춰 엎드렸다. 일행들 모두 목소리 한번 내지 못하고 바닥에 머리를 처박고 꼼짝하지 않았다. 뜨거운 태양이 내리쬐는 한낮이다. 두려움에 눈을 똑바로 뜰 수 없었다. 실눈을 뜨고 총부리가 어디를 향하는지 보았다. 나는 일행의 맨 앞에 있었는데 총을 겨눈 방향으로 보아하니 총부리가 바로 나를 향해 있다. 순간 등골에서 식은땀이 흘렀다. 몸을 더욱 움츠리고 무릎으로 반 발자국씩 기어 후퇴해 일행 속에 숨어들었다. 끽해야 서너 발자국 움직인 것 같지만 내 앞에 사람이 몇 있다는 것에 조금은 안심이 되었다. 한여름 태양은 운동장 모래를 따갑게 달구어 무릎이 뜨거울 정도였지만 숨소리를 내는 사람은 아무도 없었다. 모두 눈을 감고 포복 자세로 있었다. 얼마나 시간이 흘렀을까.

적의 수장으로 보이는 남자가 우리 일행들 바로 옆에 섰다. 일행 중 한 명이 "차라리 눈을 감아"라고 조용히 말했으며 우리는 모두 눈을 감았다. 마치 전쟁 포로가 된 것 같았다. '아… 이렇게 죽는구나!' 하고 생각하는데 '빵' 소리가 났다.

깜짝 놀라 눈을 뜨니 창밖에서 자동차 클랙슨 소리가 요란했다. 하얀 연기가 자욱해 마치 도시가 사라진 것 같았다.

창문을 열었다. 냄새가 없다. 안개다. 서늘한 아침 공기가 침대 깊숙이 들어왔다. 긴 안도의 한숨을 내쉰다.

내가 그 일을 겪은 후 삼사 년이 지난 어느 가을 운동회를 앞두고 꾼 꿈이다. 나는 아직도 그날의 운동장 한가운데 포로가 되어 있었던 것이다.

규모가 큰 학교에서 일할 때다. 새파란 하늘과 따사로운 가을 햇살이 운동회를 하기에 더없이 좋은 날이었다. 그날, 학부모 청군 백군 줄다리기 종목에서 사고가 발생했다.

운동회에서 학생 경기의 꽃이 계주라면, 학부모 경기의 꽃은 줄다리기이다. 여느 해처럼 그날도 줄다리기 경기가 있었다. 일대일, 청군 백군 한 번씩 이겨 동점이 되었고, 일은 결승 줄다리기에서 터졌다.

나는 그 시간, 어지럽다고 한 아이와 보호자 한 명을 보건실에 쉬도록 했기에 상태를 보러 잠시 보건실에 들어간 상황이었다. 보건실에 온 지 1분도 채 안 돼, 선생님 한 분이 출입문을 벌컥 열어젖히며 말했다. "선생님, 큰일 났어요. 빨리 나와보세요. 학부모가 정신을 잃었어요." 나는 깜짝 놀라 구급가방을 들고 전력으로 뛰었다. (당시 학교에는 자동심장충격기가 없던 시절이었다.) 운동장 한가운데 사람들이 빽빽하게 원형으로 서 있었다. 그 틈을 비집고 들어가자, 건장한 체구의 남자가 하늘을 향한 자세로 눈을 감고 누워 있었다. 한 여자가 옆에서 정신을 차리라며 소리를 지르고 있었고, 몇몇은 팔다리를 주무른다. 누군가 핸드폰으로 119에 전화하는 소리도 들린다. 그 짧은 순간 수많은 사람이 옆에 있었지만 내 눈에 보이는 사람은 몇몇뿐이었다.

쓰러진 사람의 가슴이 오르락내리락했다. 호흡은 있지만 불안정해 보였다. 손목을 잡으니 맥박도 있다. 혈압을 측정했다. 150/100mmHg 정도였던 것 같다. 119에 신고했으니 곧 구급차가 올 거라고 누군가 말하는 소리가 뒤통수에서 들렸다. 산소캔 마스크를 분리해 쓰러진 학부모 입에 가까이 대는데 가슴이 쿵쾅거리고 손은 부들부들 떨렸다. 산소캔과 마스크의 접합 부위가 분리되지 않도록 두 손으로 잡고 반복해 주입구를 누르며 맥박과 혈압을 재측정했다. 15분 정도 지나 아이들과 학부모로 꽉 찬 운동장을 뚫고 구급차가 들어왔다. 그제야 요동치던 내 심장도 서서히 느려졌다. 숨이 멈추지 않고, 심장이 뛰는 상태에서 구급차가 도착한 것에 감사했다.

운동회가 절반 정도 진행되고 나서 발생한 사고다. 교장선생님은 나와 교감선생님이 병원에 동행할 것을 요청해 구급차를 탔다. 운동회가 끝나지 않아 아이들이 혹여 다치면 어쩌나 하는 걱정을 가득 안은 채 구급차에 오를 수밖에 없었다. 교감선생님과 함께 응급실에서 검사를 받는 모습을 잠시 지켜보고 나서야 학교로 돌아올 수 있었다.

쓰러진 학부모는 평소 고혈압이 있는 학부모로 전날 과음에 혈압약을 먹지 않았다고 한다. 뇌출혈이었던 것이다.

나는 그날 학교에 보건교사가 한 명만이라도 더 있었으면 얼마나 좋았을까, 라는 생각과 보건교사는 아이들의 응급처치만이 아닌 교직원과 그 외 학교 방문자 모두의 응급상황과 맞닥뜨리는 첫 번째 의료인이라는 무거운 중책을 가졌다는 것을 새삼스레 느끼게 되었다. 몇 날 동안 가슴이 체한 것처럼 답답하고 우울했다.

며칠 후 한 선생님이 보건실에 들렀을 때, 학부모가 만약 어떻게 됐으면 내가 무척 힘들었을 거라는 말, 어떤 학부모가 핸드폰으로 동영상을 찍더라는 말, 그런 분이 한둘이 아니었다는 말, 내가 신발도 안 신고 뛰어나갔다는 말, 그래도 최선을 다한 것 같다는 말을 했다. 그런 말들은 위로가 되지 않았다. 위로가 되었던 건 그 학부모가 살았다는 것, 그뿐이었다. 그 일이 있고 난 후, 잠자리에 누우면 한동안 그날의 사건이 시간 순서대로 떠올랐다. 얼마 후 학부모는 뇌수술을 했고, 잘 회복해 몇 주 후 퇴원했다는 말을 들었다.

이듬해 나는 학교를 옮기자마자 휴직을 했다. 꼭 그 사건이 아니더라도, 몇 년 동안 에너지를 가불해 써 더 이상 일을 할 수 없을 만큼 지쳐 있었기 때문이다.

1년 후, 나름 백 퍼센트 에너지를 충전해 복직했는데 그때부터 이상한 버릇이 생겼다. 아이들이 다칠 만한 곳, 위험한 곳을 자꾸 찾아내 행정실장을 귀찮게 했다. 건물에 금이 갔는데 전보다 더 넓어진 것 같다, 놀이터 벤치 못이 드러나 있다, 운동장 가에 펜스가 구부러졌다, 아이들이 그 틈새로 다닌다, 하수구 덮개가 들썩들썩 움직인다, 뭐 이런 것들.

당시 크고 작은 공사가 잦았는데 어느 날 창문 공사를 하는 인부가 2층 비계에서 헬멧을 쓰지 않은 채 걸어 다니는 모습을 목격했다. 나는 복도 창을 열고, "헬멧을 쓰셔야 하는데요"라고 말했다. 그분은 다음 날도 아랑곳하지 않고 헬멧을 쓰지 않고 작업하는 모습을 보였다. 행정실장도 여러 번 말했지만 잘 시정이 되지 않는다며 교육청에 일러두겠다고 했다. 공사가 진행되는 내내 문득문득 불안감이 엄습해왔다. 아니나 다를까, 얼마 후 인부 한 분이 손등이 깊이 찔려서 피를 철철 흘리며 보건실에 왔다. 지혈에 꽤 시간이 걸렸고, 결국 병원에서 상처를 꿰매야 했다.

언젠가는 방과 후 교사가 아주 넓은 탁자를 혼자 옮기다 넘어지면서 골절이 된 적도 있다. 어느 해에는 급식실 조리원이 뜨거운 물을 쏟아 한쪽 다리에 2도 화상을 입은 적도 있었다. 학교 구성원들에게 사고는 예기치 않게 발생했다. 나는 그럴 때마다 인터폰이 울리거나 또는 출입문이 벌컥 열리며 들리는 누군가의 다급한 외침에 급히 불려가야 했다. 뛰어가 보면 별일 아닌 경우가 대부분이었다. 그럼에도 불구하고 만에 하나 분을 다투는 위급 상황이 있을 수 있기에 최선을 다해 달려갈 수밖에 없다.

보건교사는 천 명을 위해 존재하는 동시에 단 한 명의 위기에 직면한 아이를 위해 존재하는 의료인이다. 한 아이에게 일어난 일은 다른 모든 아이들에게도 일어날 수 있는 일이다. 보건실은 1층인데 5층 교실에서 아이가 정신을 잃었다던가, 정글짐에서 떨어졌는데 움직이지 않는다던가, 복도에서 뒤로 넘어져 정신을 잃었다던가, 지금 생각해도 심장이 떨어지는 소리가 날 만큼 놀랄 일들을 겪었다. 특히 체육수업 중 영구치가 빠진 아이가 있었는데, 피투성이가 된 아이와 함께 앞니를 들고 사색이 되어 들어온 선생님 얼굴이 지금도 눈에 선하다. 앞니 하나가 빠지고, 두 개의 치아가 더 파절된 큰 사고였는데 늦지 않게 치과에 데려가 이를 일부라도 살려낸 것은 지금 생각해도 하늘이 도운 것 같다. 돌이켜보면 아찔한 큰 사고들도 몇 건 있었지만 잘 수습되어 여기까지 지나온 것이 그저 고마울 따름이다.

보건교사라는 직업은 그다지 전문적이지 않은 최소한의 의료 기구로, 혼자 응급처치를 해야 하는 막연한 불안과 긴장을 늘 안고 있다. 보건교사니까 어쩔 수 없는 직업적 숙명이라 하기엔 큰 학교에서는 그 놀람의 건수가 적지 않아 심적 부담이 만만치 않다.

세월호 사고 이후 교직원 응급처치 의무교육과 안전교육 강화는 학교 안전사고 발생과 예방에 커다란 변화를 가져왔다. 큰 사고 건수가 확연히 줄었고 교직원의 안전에 대한 인식이 진일보했기 때문이다. 보건실에서 아이들을 만나고 선생님들의 대처 능력을 보면 자연스레 체감하게 된다. 무엇과도 비교할 수 없는 희생을 통해 얻은 것이 있다면 '안전교육'이다.

모든 보건교사가 그런 건 아니겠지만 학교에서의 사고는 언제나 다른 방식으로 발생하기에 경력을 쌓는다고 긴장이나 불안감이 썩 나아지는 건 아닌 것 같다. 다만, 좀 더 유연하고 담대하게 맞닥뜨리는 힘은 는다고 믿는다. 다양한 사고를 목격한 경험이라는 수치가 있기 때문이다.

나는 요즘 자연의 소리를 배경음으로 일을 하곤 한다. 가끔은 출입문을 열어두기도 한다. 전보다 훨씬 나아졌지만 아직 인터폰 소리와 핸드폰 벨소리, 출입문 열어젖히는 소리를 좋아하지는 않는다.

성교육의
최종 목적

"선생님, 우리 선생님이 차별해요."

"복도에서 안 뛰었는데 남자애들만 맨날 혼내요. 안 봐도 다 알아, 이러면서요."

"남자애들 때문에 오늘 체육도 안 한대요."

"여자애들도 떠들었는데 꼭 우리 때문이래요."

"급식 줄도 여자 먼저래요. 억울해요!"

한 학급에서 성차별과 성 차이에 대해 공부하는 시간에 "성차별이란 뭘까?"라는 말을 꺼내자마자 너나할 것 없이 남자아이들이 억울하다며 목소리 높여 불만을 토로했다. 남자아이들 대부분이 악을 쓰고 말하는 걸 들으니 억울함이 한두 번 쌓인 게 아닌 모양이다. 여자아이들도 가만있는 걸 보면 남자아이들의 주장이 아주 틀린 건 아닌 것 같았다. 언젠가 그 반에서 남자아이와 여자아이 간에 다툼이 있어 남자아이가 울면서 보건실에 왔을 때, 담임선생님이 따라와서 아이를 위로한다며 한 말은 이랬다.

"남자는 그만한 일로 울지 않는다. 뚝! 씩씩하다. 그렇지. 잘 참았어. 역시 사나이야."

아이는 어쨌든 울음을 그쳤는데, 뭔가 떨떠름한 표정이었다. 선생님의 젠더 감수성이 그 학급의 젠더 감수성이라 해도 과언이 아니다. 성교육을 하러 들어가면 학급별로 다른 태도를 보인다. 교사가 성별 고정관념에 갇혀 있다면 아이들의 성 편견은 더욱 강화된다. 서서히 가치관이 형성되기 시작하는 초등학생 시기의 아이들은 보고 배운 것들을 스펀지처럼 빨아들인다. 부모는 물론 학교 구성원 모두가 성별 고정관념에 갇혀 있지 않은지 자주 점검해보는 노력이 필요한 이유다.

학교에서 교직원의 성인지 감수성 부족은 어떤 방식으

로 드러날까? 관찰한 바로는 친한 동료끼리의 농담이라는 방식으로 가장 많이 나타난다. 이를테면, "왜 아직 결혼을 안해?", "결혼이 늦으면 아기 낳기 힘들어", "밥은 얻어먹고 다녀?"란 식이다. 심지어 결혼해서 자녀를 둔 어떤 남교사는 비혼 여직원에게 미래의 아이들이 왜 결혼하지 않은 사람을 위해 세금을 부담해야 하냐며 독신세를 내야 한다는 말까지 서슴지 않고 했다. 이 모든 것은 친근감과 농담으로 포장한 모욕, 성희롱에 들어가는 발언들이다.

언젠가 교장선생님 퇴임식에서 젊은 여선생님 몇몇이 몸빼 바지에 가발을 쓰고 춤을 추는 일도 있었다. 여교사 취임식엔 젊은 남교사가, 남교사 취임식엔 젊은 여교사가 꽃다발을 주는 건 정해진 규칙처럼 보인다. 10년 전쯤, 직원 여행을 가던 중 버스에서 교장선생님이 마이크를 잡고 성적 농담을 하는 것을 들은 후 직원 여행을 가지 않기로 마음먹었다. 당시 그 말은 모든 여직원을 성희롱하는 것이라고 따졌어야 했다. 그런데 반박할 용기가 없었다. 지금이라면 당당하게 말하고도 남았을 텐데.

2012년, 학교에서 싸이의 '강남스타일'을 운동회 전체

댄스로 정한 것은 10년 전 학교의 성인지 감수성이 어느 정도 였는지 여실히 보여주는 사례이다. 교장선생님이 곡을 정했고 어떤 교사도 이의를 제기하지 않았다고 한다. 여러 학교에서 이 곡을 운동회에서 사용한 것으로 안다. 여성을 성 상품화한 자극적인 가사와 춤을 초등학생 아이들이 따라 하게 해야만 했을까. 우리나라 가요가 세계적으로 유명세를 탔다고 해서 아이들을 위한 교육적 행사에서까지 반복 재생산되는 것이 옳은 일인가, 의문을 가질 수밖에 없는 사건이었다.

학부모의 성인지 감수성 역시 아이들에게 큰 영향을 미친다. 학부모 교원평가 자율 기록란을 보면 성교육 시간에 남녀 따로 성교육을 해주길 원한다고 쓰는 학부모가 종종 있다. 상대방의 성을 배우는 일 자체를 부끄러운 일이라 생각하는 것과 자녀가 상대방의 성에 대해 아직은 몰랐으면 하는 바람이 있는 것이다. 나와 다른 성을 알아야 존중의 마음이 생긴다. 자위, 생리, 음란물, 성폭력 대응 등에 서로 다른 성의 입장에서 허심탄회하게 이야기할 수 있는 자리를 마련하는 것은 편견을 갖지 않게 하는 교육의 한 방법이라고 생각한다.

배려와 존중은 상대방의 성에 대해 상상해보고 공감능력을 키우는 데서 생겨난다. 몇 해 전에는 도서관에 신간 성교육 도서가 들어왔는데, 어떤 학부모가 낯 뜨거운 책들을 '추천 도서'로 선정한 건 부적합하다며 항의한 적도 있다. 학부모의 젠더 감수성과 학교의 젠더 감수성은 서로 견인 역할을 한다.

그동안 학교는 남녀 성별 가르기로 성 편견을 강화시킨 측면이 있다고 생각한다. 굳이 가르지 않아도 될 부분까지. 예를 들어 급식실에 갈 때나 운동장에 줄을 설 때 남녀 나누어 가는 것, 모둠이나 짝을 정할 때 남녀 비율을 고려하는 모습, 신발장과 공책 이름표를 색깔별로 다르게 붙이는 선생님, 학습 준비물을 남녀별로 다른 색깔을 구입하는 것도 근래까지 보았다. 어떤 선생님은 아이들에게 배부할 공깃돌의 색마저 남자아이 여자아이 다르게 구입했다. 언젠가 파란 공깃돌을 여자아이에게 주었더니 학부모가 왜 자신의 아이에게만 파란 공깃돌을 주었냐고 항의한 적이 있기 때문이라고 한다. 교사의 행동 역시 결국 성 편견을 고착화하는 데 동조했다고 볼 수밖에 없다.

장애 이해, 다문화 이해, 아동인권, 인종차별 등 인권 교육에 젠더 문제는 가장 포괄적이고 보편적 문제임에도 정작 인권 교육에서 빠져 있다. 난민, 인종차별은 인권의 문제란 것을 모두 안다. 그렇다면 난민 여성이 겪는 성폭력 문제, 혹인 여성이 겪는 차별, 다문화 결혼 여성이 겪는 폭력 문제는 무엇이란 말인가. 성평등 교육은 인권 교육의 바탕이 된다. 인권 교육에서 따로 분리되어 '양성평등 교육'이라는 명목하에 보건교사들이 장기간 담당해온 것은 시작부터 성평등 교육의 실패를 예고한 것이나 다름없다. 성평등 교육은 학교 교육계획에 자연스레 스며들어야 하는데 학교 교육계획에 참여하지 않는 보건교사가 교육할 수 없는 것은 당연하며, 업무를 추진하기에도 한계가 있다.

성교육의 최종 목적은 젠더 감수성 함양이다. 젠더 감수성은 인간관계의 모든 것에 관여되어 있다. 젠더 교육은 남녀편을 가르는 것이 아닌 다양성을 존중하고 배려하는 것에 있다. 디지털 성범죄는 피해자 잘못이 아니라는 것, 서로를 혐오하지 않게 하는 것, 혐오를 바로 잡기 위해 노력하는 것, 남녀성을 구분하기 전에 개개인의 고유한 특성을 바라보는 것, 성별에 구애받지 않고 자신의 역량을 발휘하도록 돕는 것, 결국 서로를 존중하는 방법을 알게 하는 것이다.

　　우리는 2010년이 아닌 2020년대를 살고 있고, 2030년대에 어른이 될 아이들을 가르치는 어른이다. 머무르고 고여 있는 학교가 아닌 끊임없이 앞을 내다보고 시야를 확장시키도록 도와주는 학교가 되어야 한다.

아이들의
성 문제가
드러나는 방식

성에 관해서라면 최근 지식부터 교육방법까지 친절하고 상세하게 설명해주는 성교육 책이 쏟아져 나오고 있다. 보건교사로 있으며 경험하거나 관찰한 몇 가지, 성 문제가 학교에서 드러나는 방식에 대해서 말해보고자 한다.

첫째, 아이들의 신체 성장이 급속히 빨라지며 성조숙증 아이들이 증가했다.

어느 날, 5학년쯤 돼 보이는 여자아이가 급하게 뛰어들어오며 핸드폰을 내밀었다. 핸드폰 너머로 다급한 목소리가 들려왔다.

"선생님, 도와주세요. 저희 아이가 치료를 받는데 벌써 생리를 시작한 것 같아요. 제가 미처 알려주질 못했어요. 선생님이 도와주셔야 할 것 같아요."

아이의 얼굴이 하얗게 질려 있었다. 화장실로 아이를 데려가니 팬티에 검붉은 피가 번져 있다. 생리대를 붙여주고 처리하는 방법을 설명해준 후 아이를 보건실로 데려와 생리대 두 개를 보조 가방에 넣어주었다. 아이는 3학년이었고 성조숙증 치료를 받고 있었다. 매년 성조숙증 치료를 받는 아이는 건강 조사서에 기록된 아이들만 해도 저학년 기준으로 여학생 백 명당 평균 두 명은 된다. 아마 기록하지 않은 아이들까지 포함하면 더 있을 것으로 추정된다. 몸이 먼저 크는 아이들이 점점 많아진다는 뜻이다.

초등학교에서 생리를 하는 아이들에게 나는 주로 이런 역할을 한다. 생리혈이 옷 밖으로 스며나와 화장실에서 바로 보건실로 오거나 담임선생님께 말하지 못하고 오는 경우 담임선생님 대신 가정에 연락을 해주거나, 생리대를 주고 웃옷을 허리에 묶어준다. 생리대를 처음 사용해보는 아이에겐 생리대 사용법을 알려주기도 한다. 얼마 전부턴 가정에 보낼 수 없거나 보호자가 올 수 없는 아이들이 있다는 것을 알게 돼 일회용 팬티를 구입해두고 못 입는 셔츠 한 장을 보건실에 가져다 두었다.

둘째, 어린아이들의 음란물 노출이 여러 문제를 일으키고 있다.

담임교사로부터 교실에서 자위(또는 생식기를 만지는 아이)하는 아이가 있다는 말을 종종 듣는다. 수업 시간에도 그런 아이들이 있는 경우 어떻게 해야 하냐고 묻곤 한다. 2학년 아이가 단순히 자신의 생식기를 만지기만 하는 것이 아니라 짝의 생식기를 만지고 심지어 여학생의 생식기를 만져 문제를 일으킨 경우도 있었다. 나중에 아이와 상담과정에서 알게 된 것인데, 그 아이의 형이 중학생이며 형과 함께 음란물을 자주 봤다는 것을 알게 되었다. 이후 그 아이와 부모를 성폭력상담소에서 교육받도록 연계한 적이 있다. 또 다른 3학년 아이는 아버지와 둘이 살며 아버지가 안 계신 틈에 동네 아이들과 모여 음란물을 상습적으로 보았다. 그 아이는 평소 남자아이들의 생식기를 만지는 행동을 반복적으로 하여 담임선생님의 특별 관리 대상이었다. 결국 마찬가지로 성폭력 상담소에서 교육을 받도록 연계한 사건이다. 초등학교에서 자위를 하는 아이들이 모두 음란물을 보는 아이라는 말은 아니다. 생식기를 만지는 아이들은 ADHD로 인한 불안과 강박 등이 원인인 경우도 있다. 다만 내가 만난 아이들 중 지나치게 생식기를 만지거나 성행위를 흉내 내는 아이들은 음란물에 꽤 오랜시간 노출된 아이들이었다. 아이들도 성적 존재다. 남자아이든 여자아이든 어려도 자위행위를 할 수 있다. 다만 다른 사람이 있는 공적인 곳에서 버젓이 자위행위를 하는 경우나 친구 생식기를 장난으로 만지는 행동(학교 폭력에 해당)을 하는 아이가 있는 경우 교사는 보호자에게 알려야 하며, 보호자는 상담과 치료 등의 노력으로 아이를 도와야 한다. 위 두 사례는 담임교사의 지속적 관심과 성폭력 상담소에서 부모와 아이를 교육하며 나아진 사례였다. 다음과 같은 사건도 있었다.

스마트폰이 막 생겨 아이들에게 스마트폰이 쥐어지기 시작하던 때였다. 남자아이 둘이 메시지로 여학생에게 음란물을 전송한 일이 있어 학폭위원회를 열게 되었다. 이 아이들은 5학년 성교육 시간에 음란물 문제에 관한 교육을 할 때, 친구들과 음란물을 함께 봤다고 당당하게 손을 들었던 아이들이다. 담임교사에게 알려 학부모 상담을 하는 것은 물론, 보건실로 따로 불러 음란물의 문제점을 한번 더 짚어주고 다시는 보지 않겠다는 다짐까지 받은 아이들이었다. 음란물을 보았던 아이들과 그 아이들의 학부모, 음란물 피해를 본 학생의 학부모, 학폭위원들이 모두 상담실에 모였다. 담임선생님이 사건 경위를 설명하고 나자, 음란물을 전송한 아이들의 학부모 중 한 명이 조용히 일어나 바닥에 무릎을 꿇고 피해 아이의 어머니에게 고개를 숙였다.

"제가 아이를 잘못 키웠습니다. 한 번만 용서해주세요. 상담도 받고 처분대로 하겠습니다."

그 모습을 본 가해 아이 둘은 처음엔 자신들이 뭘 잘못했는지도 모르는 얼굴로 떠들기까지 했는데, 표정이 서서히 굳어지며 고개를 숙였다. 그 자리에 있던 모두가 숙연해졌다. 결국 그 일은 봉사활동과 교육을 받는 걸로 마무리되었다. 성 관련 사건을 처리함에 있어 양육자의 태도가 사건 해결에 얼마나 중요한 역할을 하는지 보여주는 사례였다. 이후 성추행 및 성희롱 학폭 사안이 몇 건 더 있었지만, 모두 이처럼 빠르게 잘 해결된 일은 없었다. 어떤 사건은 1년 이상, 어떤 사건은 중학교까지 가기도 한다.

초등학교에서 보건교사는 성교육 담당자로 지정되어 있지만 체계적으로 성교육을 할 수 없는 시스템이다. 보건교사의 업무는 보건업무이지 성교육을 포함한 수업이 주업무가 아니다. 고작해야 한 학년 17차시 보건교육 내에 5, 6차시가 전부다. 6년 동안 아이들의 급속한 성장과 변화를 생각할 때 충분한 성교육이 됐을 리 만무하다. 초등학교에서 성교육 담당자를 보건교사 1인의 업무로 명명하는 것 자체가 성교육이 실효성 있게 이루어질 수 없는 가장 핵심적인 이유라고 생각한다. 성교육을 하는 사람이 따로 있는 것으로 편협된 생각을 하거나 마치 보건교사가 성교육 전문가처럼 착각할 수 있기 때문이다. 초등학교 성교육 담당자는 교사와 아이들을 대하는 모든 구성원이어야 한다. 담임교사는 아이들을 조금만 관찰해도 아이들의 성 문제를 금세 알아차릴 수 있다. 아이들의 행동, 언어가 힌트다. 생활지도에서 잘못된 성 문제를 바로 잡아주고 도와주려면 교사의 관찰력과 관심이 중요하다. 이제 젠더 감수성은 모든 교사의 필수적인 역량이라 생각한다.

학교에서의 성 관련 사건은 작건 크건 발생하면 해결이 쉽지 않다. 아이들에게 예방교육을 하는 것도 중요하지만 그보다 더 선행되어야 할 것은 양육자와 교육자의 성인지 감수성 함양을 위한 자발적 노력이다. 성폭력 예방교육을 아이들이 받는 것에 앞서 모든 어른들이 받아야 마땅하다.

셋째, 아이들의 말과 옷, 소지품 등으로 성 편견을 짐작할 수 있다.

모든 것을 핑크로 무장하는 아이들이 있다. 핑크색 머리띠, 핑크색 귀걸이, 핑크색 보조 가방, 핑크색 원피스, 핑크색 노트, 핑크색 연필까지…. 마치 핑크색 밴드를 붙여줘야 할 것 같은 모습의 아이들이다.

언젠가 어떤 남자아이에게 침대에 누우라고 하자, 분홍 침대와 노랑 침대 중 어디에 눕냐고 물은 적이 있다. 분홍 침대에 누우라고 하자, "여자 침대잖아요!"라는 말을 했다. 단순한 색의 문제가 아니다. 여자에게 허용될 수 있는 색, 남자에게 허용될 수 있는 색처럼 사소한 구분 지음이 이후에 또 다른 편견으로 이어질 가능성이 높다. 가정과 미디어에서 주입받은 성 고정관념은 학교에서 아이들의 말과 행동을 통해 어떤 방식으로든 드러난다.

커트머리가 잘 어울렸던 아림이는 여자아이지만 남자아이로 종종 오해를 받곤 했다. 보건실을 찾은 다른 아이가 "이 언니는 언니 같은 오빠예요?"라고 물은 적이 있다. 그 말을 듣고 아림이는 조용히 나에게 와 물었다.

"선생님이 보기에도 제가 남자 같아요?"

남자로도 안 보이고, 여자로도 안 보이고, 그냥 아림으로 보인다고 대답해주었다. 남자 여자라는 외적인 틀에 맞춰 너를 꾸밀 필요가 없고, 지금 너의 모습 그대로 살아가면 된다고도 말해주었다.

넷째, 성교육은 초등학생 아이들에게 가장 중요한 교육 중 하나이다.

5학년 성교육 시간이었다. '사춘기 남녀 생식기 변화'에 대해 교육을 하는데 한 남자아이가 갑자기 책상에 엎드리더니 엉엉 소리 내어 우는 것이다. 아이들도 나도 당황하여 왜 그러냐고 물었지만, 그럴수록 아이는 더 크게 울었다. 결국 그 아이는 수업을 마칠 때까지 책상에 엎드려 있었다.

이후 그 아이를 보건 수업 시간에 좀 더 관찰해보았다. 또래의 다른 남자아이들과 다른 점들이 눈에 띄었다. 아이는 여자아이들하고만 놀고, 여자아이들의 취향을 따라했다. 거의 모든 행동 특성은 여자아이라 해도 될 정도였다. 담임선생님도 언젠가 내게 "그 애는 여자라고 보시면 돼요"라고 했다.

그동안 성교육 시간에 성폭력의 피해 아동이 있을 수 있다는 전제, 간혹 원치 않는 다문화 가정을 이뤄 태어난 아이가 있을 수 있고, 한부모 가정이 있고, 조손가정이 있다는 전제를 가지고 말을 조심한다고 해왔다. 그러나 생물학적인 성과 스스로 느끼는 성 역할이 일치하지 않는 아이가 있을 수 있다는 전제하에 교육을 하지 않은 것이다. 그렇다면 남녀 생식기의 다름과 변화과정을 설명할 때 나는 어떤 방식으로 설명해야 할까. 지금도 '성교육 표준화 지침'에 의거 학교가 오로지 남녀라는 두 가지 성을 전제하에 교육하는 것이 맞는 것인지 모르겠다. 다만, 생식기는 사람의 얼굴만큼이나 다른 모양을 하고 있고, 완전히 다를 수도 있다는 말을 잊지 않고 해 주곤 한다.

최근 국가인권위원회와 인터넷 뉴스 기사 자료를 보면 성소수자 청소년의 괴롭힘과 피해가 심각하며 결국 자살로까지 이어지는 경우도 있다고 한다. 그러니, 아이들이 성적 정체성의 혼란을 겪는 사춘기 이전부터 적절한 교육이 이루어져야 하는 것은 아닐까. 성교육이라는 단어를 넘어설 수 있는 어떤 제3의 단어가 필요한 것이 아닌가란 생각도 해본다.

세상은 급변하고 있는데 학교 제도는 다변화된 사회에 미처 대응하지 못하고 있다. 무엇보다 부모 또한 다른 교육에는 무척 관심이 많고 열성적이지만 정작 삶 전체를 아우르는 '성'이라는 문제에는 무관심하거나 편협된 생각을 가지고 있는 경우가 많아 안타깝다. 이것은 부모만의 문제가 아니라 미디어가 큰 영향을 미쳤다는 것을 부정할 수 없다. 여러 사회적 요소들이 복합적으로 작용하는 것이 젠더 문제이기 때문이다.

다시 학교로 돌아와, 성교육을 보건교사 업무로 한정 짓는 한 학교 성교육이 더 확장되고 깊이 있게 나아가기엔 한계가 있다. 20년간 성교육 담당자로 있으면서 연계성 없는 일회성 교육의 반복이라는 한계에 부딪쳤다. 제대로 해본 적이 없기 때문에 성교육 담당자라는 말을 듣는 것은 어색하고 불편하다. 마치 주인이 있는 옷을 내가 대신 입고 있는 것 같다.

8,200원짜리
가시를 뽑은 날

    대청소를 하다가 손톱 밑에 가시가 박혔다. 누구에게 부탁할 수도 없어 퇴근길에 근처 의원에 갔다. 허구한 날 가시 뽑는 게 내 일이니 가시쯤은 별거 아니라 생각했는데 막상 내 손톱 가시는 그렇게 불편할 수가 없다. 손이 중요하지 않은 사람이 어디 있겠냐마는 나는 특히 손으로 아이들을 치료하는 일을 하다 보니 손이 귀하다.

    젊은 의사는 뭐하다 그랬냐며 손톱을 보자마자 들어내야 할 것 같다고 겁을 준다. 오늘 박힌 가시인데도 이미 염증이 진행됐다는 말도 한다. 너무 안쪽에 박혀 손톱을 들어내지 않으면 힘들겠다고. 내가 보기엔 아주 안쪽으로 깊숙이 박힌 가시가 아닌 것 같은데도 말이다. 엄청 아프기 때문에 마취 주사를 놔야 뽑을 수 있을 거라고도 한다. 이 모든 것은 한 번에 가시를 제거하기 어렵다는 말로 수렴된다. 의료인이면 으레 하는 방어적 말이란 것을 안다.

나는 아이들의 손톱 밑 가시를 제거하는 방법을 알고 있으니 내가 시키는 대로 한번 해보는 게 어떻겠냐며 말하고 싶었지만 꺼낼 수 없는 말이란 걸 안다. 무례함 아니겠나. 그러면서도 속으로 말했다. '아… 이건 어렵지 않은데. 가시가 다 보이잖아? 병원에서 이걸 못 뽑는 건 말도 안 돼. 주삿바늘을 손톱에 밀어 넣어 바깥 방향으로 밀어내면 뽑힐 거예요. 병원이니까 핀셋이나 기구도 다양할 텐데. 만약 안 뽑힌다면 손톱을 들어내지 않고 가장자리만 깊게 잘라내면 나올 수 있을 것 같은데….' 마음속으로 하고 싶은 말을 주저리주저리 쏟아냈다. 그리고 입 밖으로는 간신히 한 마디를 꺼냈다.

"마취는 안 해도 참을 수 있으니 마음대로 찌르세요. 전 이런 거 잘 참아요."

선생님은 정말 망설임 없이 쑤욱 주삿바늘을 집어넣었다. 네 번 만에 핀셋으로 뽑아냈는데도 아주 잘 뽑았다는 의기양양함이 입가 주름을 통해 드러났다. 마음속으로 나라면 한두 번 만에 뽑았을 텐데, 라고 생각하다가 얼른 손톱을 안 들어내주셔서 고맙다고 웃으며 마음에도 없는 인사를 했다.

몸에 생긴 자잘한 외상이나 통증은 잘 살피면 스스로 그 원인을 알 수 있다. 원인과 과정을 알면 그것을 치료하는 것은 의외로 간단한 경우가 많다.

손톱 가장자리 가시는 대체로 손톱 바깥으로 밀어내서 뽑는 것이 안전하다. 혹시 뽑히지 않더라도 가시를 손톱 중간에다 밀어넣게 되는 실수를 저지르진 않기 때문이다. 간단한 가시지만 아무렇게나 찔러 대서 피가 나면 가시가 보이지 않아 난감한 상황이 발생되니 각도와 방향을 잘 결정한 후 단번에 제거하는 게 관건이다. 자신이 없으면 처음부터 병원으로 보내는 것이 좋겠지만, 자잘한 가시로는 병원에 데려가지 않는 보호자가 의외로 많다. 가끔 여러 번 찌를까 봐 병원에 가라고 돌려보내도 다음 날 다시 보건실을 찾는 경우가 종종 있다. 그래서 웬만한 가시는 거의 뽑아주었다.

내가 뽑지 못한 가시는 주로 세 가지다. 목에 걸린 가시, 엉덩이에 깊이 박힌 가시, 밤송이를 밟아 다발성으로 박힌 가시 등이다. 목에 걸린 가시 중에서 목구멍 입구에서 보이는 큰 가시는 아주 간혹 핀셋이나 켈리로 뽑아줄 수도 있지만 열에 아홉은 못 뽑는다. 학교에서 뽑는 것이 안전하지도 않다. 이런 경우엔 무조건 병원에 보낸다. 밤송이를 맨발로 밟아서 다발성으로 가시가 박혀 온 아이를 처치대에 눕혀 놓고 한 시간 동안 거의 열 개 이상의 가시를 뽑다가 아이도 힘들 것 같고, 보이지 않는 가시도 많아 결국 포기하고 병원에 보낸 적이 있다. 또, 엉덩이에 대왕 가시가 깊숙이 박혀 온 아이도 있었다. 이건 다 내가 처치할 수 있는 가시의 수와 범위를 넘어섰다. 상처의 염증이 우려되니 치료도 필요한 경우다.

오래전 간호사로 일할 때 나는 제법 주사를 잘 놓는 간호사였다. 간혹 다른 팀 간호사가 수술 가는 아기들에게 주사를 놓을 때 나에게 부탁을 하곤 했었다. 보건교사를 하면서는 내가 잘 치료하는 부분이 가시 제거라는 걸 알게 되었다. 서로 반대의 행위지만 방향과 각도를 잘 생각하는 것, 한 번에 끝내는 것이 중요하다는 공통점이 있다. 주사는 바늘이 들어갈 때부터 성공과 실패를 어느 정도 안다. 처음에 잘못 삽입해 살 속에서 바늘을 이리저리 옮기다가 혈관을 겨우 찾아 놓은 주사는 별로 오래가지 못한다. 게다가 환자도 아파한다. 가시 제거도 이와 비슷하다. 바늘을 살 속에 넣고 자꾸 튕겨보기 전에, 뭘 하다가 가시가 박혔는지, 어디에서 박혔는지 물어보고 가시의 방향과 크기를 가늠하는 것이 좋다. 무엇보다 중요한 것은 아이들에게 아플 거라고 솔직히 말해줘야 한다. 손을 자꾸 빼려는 아이에겐 "손을 움직이면 선생님이 여러 번 찌를 수 있는데 안 움직이면 한 번에 뽑아 줄 수 있단다. 선생님이랑 한 번에 뽑을까? 병원에 가서 주사 맞고 뽑을까?" 또, 무섭다며 바늘과 핀셋을 보자마자 절대 안 뽑겠다는 아이들에겐 이렇게 말한다. "가시를 놔두면 나중엔 숨기도 해서 여러 번 찔러야 한다. 생각해보고 마음이 바뀌면 오늘 중으로 다시 와. 근데 빨리 뽑을수록 덜 아프단 것만 기억해"라고 말이다. 그럼 열이면 아홉 모두 한두 시간 내에 다시 보건실에 온다.

적당한 각도에서 주사를 놓거나 가시를 빼거나, 다른 듯 비슷한 일들을 거치며 무언가를 찬찬히 살피는 시간 속에 살고 있다고 느낀다. 아이들의 작은 손끝을 바라보다 이렇게 또 하나 배운다.

—————— 열화상 카메라
너머의
아이들

"선생님, 친구들이랑 놀면 왜 안 돼요?"

열화상 카메라 앞에서 아침 등교지도를 하고 있는데 3학년 아이가 시무룩한 표정으로 물은 말이다. 이때는 아이들끼리의 접촉을 최소한으로 하기 위해 학교에서 노는 것, 잠깐의 쉬는 시간조차 허용하지 않던 때이다. 아이의 말투가 이미 그 물음이 처음이 아니라는 걸 말해주는 것 같아서 그저 마음 한 구석이 답답하기만 했다.

대부분 아이들은 조잘조잘 떠들며 오다가도 일단 열화상

카메라 앞에 다다르면 조용해진다. 가끔 턱스크를 하는 아이들이 보이면 "마스크 올리자!" 하고 말하며 콧등 위를 두 손가락으로 누르는 시늉을 보이면 바로 알아듣고 마스크를 올린 후 교실로 향한다.

2020년 등교 개학 후 일주일간은 그야말로 아침마다 전쟁이었다. 아이들을 보건실에 보낼 때마다 전화하는 담임교사, 작은 호흡기 증상만 생겨도 전화해서 물어보는 학부모. 보건실 전화기는 불이 났고, 매일 발열자가 나와서 아이들 귀가 조치를 내리다 오전이 다 갔다. 호흡기 유증상자 아이는 물론 마스크를 하고 있는 게 익숙지 않아 토하는 아이, 어지럽다는 아이들, 심지어 기저질환이 있던 아이는 교실에서 실신하여 이튿날부터 등교를 포기하기도 했다. 보건실에 아이들은 적게 왔지만, 당시 아이들이 보건실에 오는 숫자보다 더 많은 질문 폭탄에 답변하느라 그즈음은 마치 내가 콜센터 직원 같았다.

어느 날, 매일 울면서 등교하는 아이가 수업 중 목이 아프다며 담임선생님과 함께 왔다. 한 시간을 일시적 관찰실에서 기다린 후에야 어머니가 왔고, 다시 열을 쟀을 땐 37.8도로 열이 오르는 중이었다. 선별 진료소에 문의 후 방문할 것과 가정 내 건강관리 기록지를 작성해 등교하는 날 담임선생님께 제출하도록 설명했다. 아이는 엄마를 보자 어둡던 표정이 환해졌다.

"엄마, 나 그럼 내일 돌봄도 안 가도 되는 거야?"

마스크를 한 아이의 입은 보이지 않으나 기쁨이 느껴질 정도로 목소리가 들떴다. 엄마는 어두운 표정으로 검사해서 음성이 나오고 열만 내리면 학교에 다시 보내도 되냐를 반복해 묻고는 아이를 데려갔다. 학교에 있을 수도, 학교를 떠날 수도 없는 혼란스러운 상황 속에 모두가 허둥지둥했다.

보건실에 오는 아이들의 모습과 치료방법도 코로나19 이전과는 완전히 달라졌다. 호흡기 증상을 호소하면 무조건 귀가 조치하므로 호흡기 증상을 호소하는 아이들은 거의 사라지게 되었다. 머리가 아프다는 아이들 또한 드물어졌다. 코로나19 임상 증상에 포함되기 때문이다. 그러다 보니 시간이 갈수록 아이들이 호소하는 문제는 주로 배가 아프다는 것이었다. 코로나 이전엔 따뜻한 물을 마시게 하고 침상 안정이나 찜질을 시켰지만 코로나 상황에서는 마스크를 내리는 것조차 우려가 돼 물을 주지 않게 되었다. 온찜질 후에도 증상이 지속되면 조퇴를 시킬 수밖에 없었다.

코로나19의 감염 특성을 어느 정도 파악한 2021년도엔 다시 따뜻한 물을 주게 되었고, 아이의 상황에 따라 잠깐씩 침상 안정도 취하게 해줬다. 모든 것은 변화를 따르며 처치 또한 그렇게 변화해나갔다. 감염병일지라도 매뉴얼로 규정할 수 없는 어떤 주관적인 영역은 분명 존재한다. 다만 그것을 어디까지 얼마만큼 수용해 적용할지는 순전히 보건교사 개인의 판단에 의할 뿐이다. 평소 아이가 어떤 문제로 보건실에 자주 왔던 아이인지 좀 더 자세히 기록해두었거나, 그 아이의 특성을 알면 코로나19 상황에서 조금이나마 도움이 된다는 것을 몸소 체험하게 되었다.

아이들을 잘 보는 문제와 방역이 때론 상충하기도 했다. 일례로 목이 아프다고 오는 아이들의 입속을 들여다보는 일이 사라졌다. 인후통은 이유 불문 무조건 귀가 조치하기 때문이다. 코피가 나는 아이들은 매일 한두 건씩 있는데 그 쉬운 처치도 코로나19 초반엔 무척 조심스러웠다. 한 학교에서 코피를 막아준 보건교사가 코피 났던 아이가 확진되며 자가 격리에 들어갔다는 말을 들은 후부턴 반드시 장갑을 끼고 코를 막아주게 되었다. 단순한 코피 하나를 처치하면서도 시간이 더 걸리는 것이다. 보건교사는 학교에 한 명밖에 없기 때문에 혹여 자가 격리에 들어가면 학교 방역에 미치는 영향이 적지 않다. 예방접종은 물론이고 손 씻기, 마스크 하기, 물 마시기 등을 언제나 지켜왔다. 코로나19가 아니어도 보건교사를 하는 내내 그랬고 앞으로도 크게 다르지 않을 것이다.

코로나19는 많은 뀌병을 막는 아주 힘이 센 놈에는 틀림이 없어 보이지만 신기하게 코로나 이전의 단골 아이들은 코로나 기간에도 보건실에 왔다. 안타깝지만 이전처럼 약을 줄 수가 없어서 대부분은 아쉬움이 가득한 얼굴로 보건실을 나갔다.

2020년 코로나19 발생 초기 방역 물품을 점검하러 돌봄교실에 갔을 때다. 아이들이 여기저기서 하고 싶은 말을 한마디씩 하느라 떠들썩했다. 오빠가 방 안에서 2주간 못 나왔다,

코로나는 어른들 때문이다, 쓰레기를 버려서 생겼다, 엄마 잔소리가 두 배가 됐다, 놀이터에서 누가 마스크 안 하고 논다, 학원 안 가서 좋다, 계속 방학인 것 같다, 집에만 있어서 게임을 많이 할 수 있다, 코로나라서 안 좋은 점은 친구들은 학교 안 오는데 돌봄은 맨날 와야 해서 억울하다, 마스크 언제까지 해야 하나, 놀 친구가 없어 심심하다, 아빠가 주말에 검사를 했는데 다행히 음성이었다, 등 끊임없이 이야기가 쏟아져 나왔다.

아이들은 생각나는 대로 자신들의 제한된 일상을 이야기한 것이다. 그때, 조용히 있던 한 아이의 말 한마디는 아이들의 불만을 한순간에 멈추게 했다.

"선생님, 우리 엄마는 간호사예요. 제가 아프면 안 된다고 했어요. 마스크 절대 내리지 말라고 했어요."

아이들의 생활 영역과 생활 방식이 조금씩 제한되고 있다. 이 점이 가장 안타깝다.

열화상 카메라 앞에 서 있다 보면 자주 지각하는 아이들이 눈에 익는다. 그중 유독 초점 없는 눈으로 힘없이 등교하는 한 아이가 눈에 밟혔다. 실내화 가방, 물병, 책가방에 마치 끌려오다시피 걸어오던 아이가 하루는 발열 감시를 마치고도 교실로 가지 않고 복도 중간에 서 있었다. 왜 안 들어가냐고 묻자, "그냥요"라고 대답한다. 코로나19가 시작되고 1년 이상 아이들의 손을 편히 잡아준 적이 없었다. 그렇지만 그날은 아이의 흐트러진 머리카락을 묶어주고 아이의 손을 잡고 교실까지 데려다주었다. 그날 이후 아이는 나를 보면 "보건선생님이다!" 하고 달려와 안기기도 하고, 여기저기 긁어 아토피가 심해진 곳을 내보이기도 했다. 아이의 마음을 가늠할 수는 없겠지만 손바닥만 한 냉찜질 팩을 사용하게는 할 수 있었다. 그 아이 전용으로 돌봄 교실에도 하나 더 보냈다. 아주 사소한 것들만이 내가 아이에게 해줄 수 있는 전부였다.

아이들을 잘 본다는 것은 아이의 보이지 않는 너머를 함께 보는 것이다. 그 아이의 너머가 보이면 좀 더 따스한 태도로 아이를 마주할 수 있다. 장기간의 팬데믹으로 보건실에서 만나는 아이들을 자세히 볼 수 없었지만 이제는 열화상 카메라 너머, 마스크 너머의 아이들을 좀 더 자세히 보려고 한다.

코로나19라는 위기의 시대를 지나가며 안전한 학교생활을 위한 학교 보건은 더없이 중요해졌다. 앞으로도 신종 감염병은 또 발생할 것인데 아이들에게 투약하는 부분은 어디까지 해야 하는지, 예를 들어 감기약의 어떤 약은 먹여도 되고 어떤 약은 제한할 것인지, 코로나19가 종식되더라도 해열제를 줄 것인지 말 것인지 등의 논의들도 서서히 시작할 때가 된 것 같다.

코로나19로 가장 큰 피해를 입은 사람은 누구인가, 나는 아이들이라 생각한다. 마스크를 언제 벗을지 모르는 아이들의 뒷모습을 기억했으면 좋겠다. 코로나19로 외부 체험활동도, 체육활동도 자유로이 하지 못한 아이들을 기억했으면 좋겠다. 코로나19에도 불구하고 보건실에 가는 아이들은 어떤 아이들이었을까를 생각했으면 좋겠다.

여러 정서적 문제를 가진 아이들이 갈 곳이 현재는 마땅해 보이지 않는다. 그런 아이들의 완충지대였던 보건실이 이제는 완충지의 역할을 하기엔 역부족인 상황이다. 보건실에도 갈 수 없고, 상담교사도 없는 학교에서 아이들이 튕겨져 어디로 갈지 생각해보면 좋겠다.

미세먼지가 사라지고 파란 하늘이 드러났다.

마스크를 쓴 아이들이 웃는다.

운동장에서 웃는다.

복도에서 웃는다.

——————— 감염병 시대,
보건교사로
살아가기

2년간 코로나19를 겪으며 업무적으로 크게 다섯 가지의
어려움이 있었다. 방역물품 준비의 어려움, 발열 측정, 일시
적 관찰실, 자가진단과 유증상자 관리, 확진자 발생과 관련
된 문제. 2020년 2월, 막 코로나19가 국내로 유입되던 때다.
마스크와 체온계 준비로 학교 방역은 시작되었고 1학기 내내
방역물품 준비는 계속되었다. 학교 거래 약국과 온라인 쇼핑
몰의 마스크는 초반부터 품절되고 여기저기서 주문했던 물품
조차도 일방적으로 취소되거나 몇 달 후 일부가 조금씩 배송

되어 왔다. 당시 아이들은 등교하지 않았으나 불안감과 싸우며 혹시 방역물품을 준비하지 못할까 봐 전전긍긍했다. 구입할 수 없는데 마스크를 준비하라는 공문이 수차례 내려왔다. 혼자서 고장 난 체온계를 고치고, 점검하고, 장부를 만들어 관리하고, 혼자 모든 것을 하려니 막막했다. 방역물품을 학급별로 적절히 배분하는 일, 마스크를 구입하려고 여기저기 전화하고 알아보는 일, 어느 때보다 바빴지만 성과는 드러나지 않는 일들이었다. 매일 5, 6건씩 코로나19 관련 공문이 쏟아졌다. 문서에 체할 것 같았다. 어깨 통증으로 병원에 가려고 했으나 가지 못하고 찜질로 버텼다. 다행인지 불행인지 등교 개학이 계속 미뤄지는 바람에 방역물품을 완비할 수 있었다.

정상 등교가 시작되면서 발열 측정을 하는 일도 함께 시작되었다. 발열 측정조를 운영하고, 열화상 카메라를 설치하고 점검하는 것부터 전부 보건교사의 일로 주어졌다. 관련 공문들이 보건교사에게 배부되면 보건교사는 계원이 없으므로 혼자 해야만 한다. 그동안 학교의 업무 배부 방식을 따라 관습적으로 이루어졌다.

개학하는 날은 초긴장 상태였다. 간호사 시절 처음 환자를 대면해 주사를 놓을 때도 이렇게 떨리고 걱정되지는 않았다. 첫날부터 열이 있는 아이들 대여섯 명을 열화상 카메라가 잡아냈다. 나름 가장 정확하다는 회사의 고막체온계로 몇 차례 걸쳐 아이의 체온을 측정해 알려줬지만, 어떤 학부모는 체온계가 잘못된 것 아니냐며 불만을 드러내기도 했고, 자신의 체온계를 가져와 재보겠다며 체온계를 들고 학교에 오기도 했다. 학부모를 설득해 아이들을 돌려보내는 일에 완전히 진이 빠졌다. 열화상 카메라 측정조가 있었지만 여러 돌발 상황이 나와 매일 나가야 했다. 중간에 열화상 카메라가 고장이 나서 비접촉 체온계로 일일이 체온을 측정한 적도 있었기에 그 무렵 아침마다 긴장의 시간을 보냈다.

얼마 후 방역 인력을 학교에 지원해주면서 약간의 도움을 받을 수 있게 됐다. 마스크를 세는 등 방역물품 관리와 배부 등의 도움도 조금씩 받게 되었다. 하지만 11시가 조금 넘으면 다들 퇴근하다 보니, 완전한 도움을 받긴 어려웠다. 주로 아이들은 점심시간 전후로 열이 나는 경우가 많았기 때문이다. 발열 등 유증상으로 검사를 보내고 결과를 기다릴 땐 정말 초조했다. 퇴근 후에도 접촉 관련으로 걸려오는 전화나 문자로 어떨 땐 심장이 조여 오는 것 같았다. 자다가 자주 깨기도 했고, 한동안 악몽을 꾸기도 했다.

2년 내내 아침마다 자가진단 앱을 통해 등교 전 건강상태 체크로 유증상자를 걸러냈다. 전입 직원과 전입생이 생기면 일일이 등록하는 일부터, 자가진단 미참여자에게 푸시 알림 버튼을 누르는 일, 오전에 적어도 두 번은 시스템에 들어가 등교중지 사유를 파악하고 담임교사로부터 확진 상황을 취합해 최종 코로나19 일일 보고하는 일까지. 잘못 체크해 자가격리로 체크한 아이부터, 증상이 있으면서 정상으로 체크하고 등교한 아이, 정상으로 체크하고 검사를 받은 아이를 가려내는 것 등은 지금까지 매일 이루어지고 있는 방역관리 루틴이다.

코로나19 초반 학부모 확진자가 나왔을 때는 그야말로 초긴장 상태였다. 함께 거주한 자녀는 당연히 확진이 되는 줄 알던 때이기에 불안은 극에 달했다. 보고서식이 세부적이라 학부모에게 이것저것 물어볼 때 화를 내거나 거부하는 학부모도 있어 곤란한 적도 몇 번 있었다. 지금 생각하면 학부모 입장에서는 충분히 그럴 수 있다는 생각이 든다. 보건소에서 역학 조사를 했는데 학교에서 또 물어보니 당연히 짜증이 나는 것이다. 코로나 업무에 집중하다 보니 보건업무의 계획된 일정들은 모두 뒤죽박죽이 되었고, 일상도 마찬가지였다.

20년 전 병원에서 일할 때, PRN이라는 제도가 있었다. 간호사가 갑자기 그만두거나 결원이 생긴 병동에 덜 바쁜 또는 환자가 적은 과의 간호사가 파견되어 일정기간 일하는 제도이다. 나는 흉부외과에 근무했었는데 산부인과와 일반외과에 PRN을 간 적이 있다. 그런데 학교 보건실은 어떤가. 처음부터 업무를 가르쳐주는 사람이 없는 것은 물론이고 아이들이 밀려들어도, 수업시수가 몇 배로 많아도, 오롯이 혼자 감내해야 했다. 오죽하면 친한 보건교사 친구랑 막 개학을 했던 시점에 이런 말을 한 적이 있다.

"솔직히 간호사는 동료가 있어서 서로 협력하며 일하니 외롭지 않은데, 학교는 그렇지 않아. 어머어마한 감염병이 와도, 혼자 이거 저거 다 관여해야 한다는 게 너무 지친다. 우리

다시 간호사를 해야 할까?"

"나도 그 생각했어. 보건교사가 된 후 처음으로."

학교에서 방역 업무는 매일 접하는 한 건 한 건을 허투루 생각하지 않고 관심을 기울여야 겨우 아무 일 없이 지나간다. 아무 일 없이 지나가면 잘 지낸 하루고, 그것이 결국 성과다. 하지만 드러나지 않는 동작을 멈추는 즉시 문제는 발생할 수 있다. 그런 작은 틈을 찾아 메우고 간섭하는 일이 학교에서 방역 담당자의 역할이 아닌가 한다.

매일 시간을 내서 아이들이 등교할 때 잠시라도 지켜보는 것, 턱스크를 하고 다니는 직원에게 마스크를 올려달라고 말하는 것, 그 사람이 계속 듣지 않아도 끈질기게 말하는 것, 모여 앉아 간식 먹는 것을 안 했으면 좋겠다고 말하는 것, 경미한 호흡기 증상도 검사하라고 말하는 것, 자가진단 등교중지로 자주 등교하지 않는 아이의 이유를 알아내는 것, 얼마나 사소한 일인가. 그런데 이런 사소한 것들을 간과할 때 학교 감염병 예방의 끈은 해이해지고 감염병이 집단 발생하게 된다. 학교 방역 담당자의 일은 매일 하는 가사 일과 닮았다. 정말 중요한 방역도 작은 것들 하나하나에 깃들어 있다.

2022년 봄, 아이들의 절반 이상이 코로나를 앓고 난 지금, 걱정할 정도의 큰 합병증을 가진 아이가 없어 감사할 뿐이다. 상황은 계속해서 변하고, 어떤 변이 바이러스가 또다시 유행하더라도 아이들은 이겨낼 것이라 믿는다. 경험은 이미 희망을 안고 있다.

주워온 트리안과
보건실의 루틴

    정신없이 해왔던 한 해 업무는 12월 중순이 되면 정리를 하게 되고 모든 업무는 다시 초기화된다. 나는 이맘때 상실감을 느낀다. 자욱한 안갯속을 지나갈 땐 막막하다가 어느 순간 안개가 걷히면 시원하면서도 잠깐 허무할 때가 있듯이.

    학기 초 교실에서 길렀던 화초들이 겨울이면 주인을 잃고 버려지는 경우가 더러 있다. 이맘때 쓰레기 분리수거장에 가면 학교 텃밭과 창고의 경계에서 버려진 화초를 종종 만난다. 물론 싱싱한 화초는 아니다. 죽을 듯 말 듯한 상태다.

12월 중순, 재활용 쓰레기를 버리러 갔다가 트리안 두 개를 발견했다. 화분의 원형 모양 그대로 버려진 상태였다. 그대로 빈 화분에 담고 과학실에서 흙을 좀 더 채워 보건실 창가에 놓았다.

그날부터 트리안에 날마다 분무기로 물을 주었다. 사나흘에 한 번씩은 퇴근 전 싱크대에 넣고 흠뻑 물을 주었다. 트리안은 데려온 지 다음 날부터 서서히 살아나더니 하루가 다르게 창가를 향해 잎을 만들어내며 가늘고 여린 줄기를 뻗기 시작했다. 겨울 햇살이 트리안의 가는 줄기를 끌어당기는 것 같았다.

트리안을 가져온 다음 날, 당뇨가 있어 인슐린 주사를 맞으러 온 아이가 내게 물었다.

"선생님 이 화분은 못 보던 거네요?"

"응, 주워온 거야."

"와, 쩐다. 근데 죽을 거 같아요."

"두고 봐야지…."

솔직히 그 아이의 말 때문에 죽어가는 트리안에 공을 들였는지도 모른다. 과학실에서 흙을 한 줌씩 얻어와 화분 위에 엎어주고 해가 잘 드는 위치를 찾아가며 화분을 옮겼다. 아니나 다를까, 주말을 보내고 왔더니 트리안이 여기저기 팔을 뻗어 춤을 춘다. 썰렁한 공간이 이 작은 초록 이파리들로 꽉 채워지는 느낌이다. 가장 자유롭지 못한 식물이 척박한 환경에 버려졌다가 다시 살아나 창가를 향해 뻗어나가는 그 유연하고 활달한 자유로움이란…. 식물만이 가진 당당함과 담담한 특권이 아닐까.

이후 트리안은 이듬해 여름까지 한 코 한 코 뜨개의 코를 만들 듯 풍성하게 줄기를 늘어뜨리며 동글동글 연둣빛 잎을 늘려갔다. "쩐다"라는 말을 했던 아이는 "와, 신기하다"라고 말하며 자기도 물을 주겠다고 찾아오기도 했다.

업무 시작의 루틴은 창문 열기, 커피 한 잔을 내리는 일, 컴퓨터 부팅, 물통에 보리차 티백을 넣어 미지근한 물로 우리는 일, 새로 딴 식염수를 코튼볼에 붓는 일, 표준 밴드를 스무 개쯤 까두는 일이었는데 그날 이후 트리안 물 주기가 루틴 속으로 들어왔다. 컴퓨터를 켜기 전 트리안에 천천히 물을 주며 오늘 하루 꼭 해야 할 일을 생각한다. 너무 많은 일이 몰려오더라도 한꺼번에 하려고 끙끙대지 말 것, 너무 많은 아이들이 오더라도 사무적으로 대하지 않을 것, 이렇게 두 가지를 매일 생각하고 일한다. 물을 줄 때 이런 생각을 하는 것은 컴퓨터 모니터 앞에서 하는 다짐보다 이상하게 힘이 세다. 퇴근할 땐 종일 수고했다고 건조한 내 마음에 물을 주듯 트리안에게 충분한 물을 주었다. 분무기에서 뿜어지는 '칙칙칙' 소리를 듣는 것도 좋고, 연둣빛 아기 손톱만 한 작은 이파리가 물방울에 흔들리며 반짝이는 것을 보는 것도 좋았다. 식물이 주는 위안은 고요하고 아름답고 충만하다.

무엇을 함께 할 때 조화롭다고 느끼는 순간이 있는데, 보건실에서 느끼는 조화로움의 순간 중 최고는 커피를 내리면서 화초에 물을 줄 때다. 커피는 무엇과 함께 해도 잘 어울린다. 커피와 책, 커피와 영화, 커피와 산책, 커피와 이야기, 커피와 그림, 커피와 글쓰기, 커피와 음악. 일상에서 커피는 빠질 수 없는 생활의 활력소다. 그럼에도 불구하고 화초에 물을 줄 때와 커피를 내릴 때 각별한 조화로움을 느낀다. 분쇄해온지 얼마 안 된 커피를 거름망에 두 스푼 넣는다. 커피가 한두 방울 떨어지는 몇 분을 기다리는 사이 진한 커피 향은 순식간에 보건실의 소독약 냄새를 삼켜버린다. 그 놀라운 후각의 반전과 '칙칙' 작은 구멍을 통해 분사되는 물이 화초에 닿을 때 느끼는 시각적 반전은 아주 짧은 순간이지만 그윽한 행복감을 준다. 가끔 빗방울에 향기가 들어 있다면 커피 향이면 좋겠다는 상상을 하곤 한다.

코로나19는 보건실의 루틴을 완전히 바꿔 놓았다. 커피 한잔 내릴 시간은 사치가 되었다. 그럼에도 불구하고 창가 식물들에게 물을 주는 루틴은 포기하지 않았다. 내가 보건교사로 하루하루 더 잘 살아가기 위한 나만의 의식이기 때문이다.

눈 쌓인
길을
걷습니다

첫눈이 내린다. 마구 흩날리더니 소복소복 쌓일 기세로
내린다. 아이들이 운동장에 나와 마구 달린다. 아이들은 첫눈
을 정말 첫 눈처럼 대해준다. 누구보다 반갑게 맞이한다. 아
이들의 빨갛고 파랗고 노란 패딩들처럼 알록달록한 웃음소
리가 운동장 가득이다. 차가운 창문 옆에 서서 잠시 아이들을
바라본다. 익숙한 얼굴이 몇몇 보인다. '저 아이는 그새 다리
가 다 나았나? 잘 뛰어다니네', '그러고 보니 쟤는 요즘 배 아
프다고 안 찾아오는구나' 눈에 익은 아이들의 몸 상태를 자연

스레 떠올린다.

　보건실은 응급처치를 위한 곳이지 반복적인 치료를 하는 곳은 아니다. 그런 측면에서 지금 당장 보이는 문제만 해결해도 보건실의 역할을 다한 것이라 할 수 있다. 하지만 지속적으로 치료해주지 않으면 방치되는 상처나 증상을 가진 아이들도 분명 있기에 한 번, 두 번, 세 번 아이들의 상태를 확인하게 된다. 그럼 자연스럽게 아이들과 가까워진다. 아이가 좋아하는 음식, 요즘 보는 프로그램, 어느 과목을 좋아하는지, 어떤 가수를 좋아하는지, 학교를 마치면 어디로 가는지, 요즘 고민은 뭔지. 일상적인 이야기를 나누다 보면 아이가 어쩌다 다쳤는지, 왜 아픈지 단서를 얻게 되기도 한다.

　소복이 쌓이는 눈처럼 아이들과의 시간도 차곡차곡 쌓여간다.

①
심안

눈이 아프다고 우는 아이들의 눈을 벌리면

티끌보다 내가 먼저 보인다
나는 하루에도 몇 차례씩
아이들의 눈동자에 빠진 나를 발견한다
마음의 눈을 더 닦아야 하는 이유다

②
그래도

울면서 들어오는 아이가 있다
들어와 우는 아이가 있다
말을 시키면 우는 아이가 있다

그래도

나갈 땐 모두
울음을 그치고 나간다

그게 내 일이다

내일도

그럴 것이다

③

말 한마디

병원에선 의사의 말 한마디가

의술이 될 수 있듯

보건실에선 나의 말 한마디가

치료가 될 수 있다

④

지친 날

아름다운 아이가 들어오네, 라고 마음속으로 말했다

한 명

두 명

세 명

.

.

.

그러자, 신기하게
아름다운 아이들만 들어왔다

⑤
진통제

괜찮아, 안 아파보다
센 진통제는
너라면 참을 수 있어

⑥
4월 16일

학교에는 두 부류의 아이들이 있다
아픈 아이들, 안 아픈 아이들

학교 밖에도 두 부류의 아이들이 있다

살아 있어야 하는 아이들, 살아 있는 아이들

⑦
눈 쌓인 길을 걷습니다

눈 쌓인 길은 내 발자국을 모릅니다

길에게 내 발자국을 알려주고 싶어

왔던 길을 다시 한번 걸어봅니다

내 발자국은 눈 쌓인 길에겐 언제나 처음입니다

아픈 아이들을 만납니다

상처받은 아이들은 자신을 잘 모릅니다

나도 너처럼 아픈 아이였다는 말 대신 한번 더 살펴봅니다

내가 그 아이를 볼 땐 언제나 처음처럼 마주하길 바랍니다

오늘 만난 그 아이는, 어제의 그 아이가 아닙니다

오늘 만난 나도 어제의 내가 아닙니다

(8)

겁 많은 아이의 가시 제거법

"선생님, 가시 안 빼면 안 돼요?"

"넌 어떻게 생각하는데?"

"빼야 할 것 같아요."

"그렇지?"

"선생님, 뺄 때 피나요?"

"어떨 것 같아?"

"피 날 것 같아요."

"그렇지?"

"선생님 뺄 때 아파요?"

"네 생각엔?"

"아플 것 같아요."

"그래 아프지."

"선생님, 금방 뺄 수 있어요?

"응, 네가 도와주면."

"어떻게 하면 되는데요?"

"어떻게 하면 될 거 같아?"

"안 움직이고 잘 참으면요."

"맞아, 그거야."

"와! 벌써 뺐어요? 하나도 안 아파요."

"응, 네가 잘 도와줘서 그래."

⑨

노안

"세상에, 이렇게 작은 가시는 처음 본다

잘 찾아보고 어딘지 알려줄 수 있지?

선생님 눈과 네 눈 중에 누구 눈이

더 좋은지 정말 궁금하다."

⑩
시간이 약

"선생님, 어떻게 해야 빨리 나아요?"
"잘 쉬게 하면."

"언제까지 쉬게 해요?"
"상처가 눈 감을 때까지."

"그게 언제예요?"
"시간이 알려줄 거야."

⑪
딱지

딱지치기할 때
딱지가
크다고 꼭 이기는 것도 아니고

작다고 지는 것도 아니지

딱지치기로 얻은 딱지가
원래 네 것이 아니듯
무릎에 생긴 딱지도 그래
원래 네 것이 아니었으니
언젠가 사라지게 돼 있어

네가 만지지만 않는다면

⑫
잔소리

콜록콜록
기침 한번 하면
마스크 해라

목이 아프다고 하면

물 마셔라

몸살인 것 같다고 하면
푹 쉬고 골고루 먹어라

집에서 하는 잔소리를
보건실에서 또 한다

⑬
더 아픈 아이

아파서 보건실에 온 아이보다
아픈 친구를 데려와서
"야, 넌 그것도 못 참니?"라고 말하는 아이가
더 아픈 아이다

아픈 아이가 벗어놓은 실내화 한 짝을
옥상으로 던져버리는 아이가

더 아픈 아이다

아픈 아이가 치료받는 사이에
또 다른 아픈 아이를 괴롭히는 친구가
더 아픈 아이다

⑭
잘 웃는 아이

하늘이 깨끗해 보인다고
초미세먼지가 없는 게 아닌 것처럼
잘 웃는다고
모두 밝은 아이는 아니다

⑮
보낼 수 없는 아이

"집에서 다친 건 집에서 치료하는 거야."

"물놀이 갔다 다친 건데요."

"어제(일요일)부터 배가 아팠다고?"
"아니요, 토요일부터 아팠는데요."

"아침밥은 먹고 왔니?"
"아니요."

"빈속엔 약을 줄 수 없어."
"그럼, 보건실에 누워 있으래요."

"아직 1교시 시작도 안 했는데?"
"집에 아무도 없으니까 학교 가서 누워 있으래요."

⑯
안 봐도 보이는 게 있다

세 명의 아이들이 몰려온다. 머리카락에 빗방울이 맺혀

있다. 한 아이가 손가락을 내민다. 우산에 집힌 상처다.

"우산에 집혔구나?"

아이들이 여섯 개의 눈동자로 나를 쳐다본다.

"헐, 어떻게 아셨어요?"

"응, 안 봐도 보이는 게 있어."

⑰
우리가 지켜줄게

1학년 아이 둘이 뛰어 들어온다. 뒤따라 세 배 정도 덩치
가 큰 아이가 엉엉 울면서 들어온다.

"선생님 현이가 정글짐에서 떨어졌어요."

턱 아래에 상처가 있다. 보건실이 떠나가라 엉엉 운다.
작은 아이 둘이 현이의 등을 토닥이며 말한다.

"현아, 울지 마, 울지 마. 조금만 참아."

"그래, 우리가 지켜줄게."

현이가 울음을 그친다.

⑱ 아이들은 자고 싶을 때 춥다고 하기도 한다

'아픈 곳: 옷을 세 개나 입어도 춥다'

아픈 곳을 이렇게 구체적으로 적는 아이가 간혹 있다. 열을 재보니 열이 없다. 잠시 이불을 덮고 있으라고 했다.

"어제 뭐했어?"

"캠핑 갔다 밤늦게 왔어요."

"그래, 다음부터는 피곤하다고 자다 가는 건 안 돼."

"네, 이제 안 추워요."

아이는 20분 정도 누워 있다가 스스로 일어나 교실로 간다.

⑲ 놀 땐 아픈지 모른다

"목이 아파요. 근데 놀고 싶어요."

아파도 노는 아이가 있다. 사흘째 목이 아프다는 이 아이는 무릎이 아프다며 줄곧 보건실에 오면서도 점심시간마다 운동장을 누비며 다녔다. 며칠째 미열이 났는데도, 목이 부었는데도 아이는 축구를 한다.

"아파도 노는 게 그렇게 좋아?"

"네, 놀 땐 아픈지 몰라요. 놀고 나서 아파요."

⑳ 선생님이 아프면 아이들도 아프다

담임선생님이 독감으로 며칠째 못 오신다. 그 반 아이들의 보건실 출입이 부쩍 늘었다. 없던 단골까지 몇 명 생겼다. 담임선생님이 아프면 아픈 아이들이 늘어난다. 선생님이 건강해야 아이들도 건강하다.

㉑ 아이들은 서로 배운다

2학년 아이가 곤충 시리즈를 읽다가 내게 가져온다.

"선생님, 이 벌레 이름이 뭐예요?"

"여기 사슴 진드기라고 쓰여 있네."

"전 글을 잘 몰라요. 배워본 적이 없어요. 사슴 진드기 무서워. 전 진드기가 무서워요."

아이가 혼잣말을 한다. 옆에 앉은 1학년 아이가 묻는다.

"형, 글씨 몰라?"

"쪼끔 알아. 넌 다 알아?"

"응."

옆에 앉아 있던 1학년 아이가 글을 모른다는 2학년 아이에게 책을 읽어준다.

㉒
아이들은 아무리 사소해도 칭찬받는 걸 좋아한다

하루 전 배가 많이 아파 아침에 한 시간, 오후에 한 시간 쉬다 간 아이가 있다. 다음 날 청소를 하려고 걸레를 빠는데 아이가 문틈으로 들여다본다.

"왜? 어디 아프니? 아직도 아프니?"

"아니요. 그냥 인사드리러 왔어요."

평소 아이는 뭘 물어보면, 꼬박꼬박 "예"라고 대답했다. 그래서 "넌 참 인사를 잘하는구나"라고 말해준 적이 있다.

㉓
아이들은 누군가 자신에 대해 궁금해하길 바란다

"제가 왜 안 왔는지 아세요?"

알레르기 결막염으로 매일 안약을 가져오던 아이가 며칠 만에 왔다.

"글쎄, 그건 모르겠지만 눈은 다 나았나 보네."

"그게 아니라 할머니가 돌아가셨어요. 그리고 눈도 아직 가려워요."

"그랬구나. 슬펐겠네."

"아니요. 우리 할머니는 백 살에 돌아가셔서 안 울어도 된대요."

아이에게 안약을 넣어준다.

㉔
아이들은 자랑하고 싶어 한다

"선생님, 이 카드 잘 만들었어요?"

도움반 아이가 스승의 날 감사 카드를 가지고 왔다.

"응, 근사하네. 잘 만들었네."

아이가 나에게 카드를 내민다. 자세히 보니 담임선생님께 드릴 카드다.

"얼른 선생님 가져다 드리렴. 깜짝 놀랄 것 같은데?"

아이가 미소를 머금으며 재빨리 나간다.

㉕
아이들에게서 '감사의 마음'을 배운다

"선생님, 올해도 스승의 날이라서 썼지요."

아이는 풀까지 칠해서 색깔 봉투에 넣어서 들고 왔다.

막 뜯어보려고 하자 자기가 간 다음에 뜯으라며 뛰쳐나간다.

6학년 아이에게서 3년째 편지를 받았다. 활동적이라 자주 다치는 이 아이의 편지는 그저 치료 잘해주셔서 감사하다는 내용이었다. 3년간 치료해준 대가가 크다. 이 아이에게선 내가 한 일에 비해 무척 큰 선물을 받은 것이다.

㉖
아이들도 길을 낸다

걸어서 출근하는 길에 늘 혼자 걸어다니는 아이를 만났다. 큰길에서 학교까지 난 길로 걷지 않고 길이 아닌 것 같은 곳으로 들어선다.

"선생님, 이 길로 가면 5분 빨리 학교에 도착해요."

아이를 따라가봤다. 이미 길이 나 있다.

"이 길은 은수가 낸 길이니?"

"네, 제가 먼저 다녔는데 애들도 이제 다녀요."

"그렇구나, 이 길은 은수가 낸 길이구나."

***

어느새 눈이 그쳤다. 하늘과 땅의 구분이 희미하다. 새하얀 도화지 같은 세상에 어떠한 한계도 경계선도 긋지 않고 차곡차곡 발자국을 낼 아이들. 아이들은 울음과 웃음의 경계가 길지 않다. 아파도 웃고 웃다가도 아프니까. 다만 너무 많이 아프지 않고 자라주기를, 웃는 날이 더 많기를 오늘도 보건실에서 바라본다.

여기서 마음껏 아프다 가

1판 1쇄 발행   2022년 5월 20일
1판 5쇄 발행   2024년 8월 1일

지은이   김하준
발행처   수오서재
발행인   황은희, 장건태
책임편집   박세연
편집   최민화, 마선영
마케팅   황혜란, 안혜인
디자인   피포엘
제작   제이오
주소   경기도 파주시 돌곶이길 170-2 (10883)
등록   2018년 10월 4일(제406-2018-000114호)
전화   031)955-9790
팩스   031)946-9796
전자우편   info@suobooks.com
홈페이지   www.suobooks.com
ISBN   979-11-90382-65-6 03810 책값은 뒤표지에 있습니다.

도서출판 수오서재守吾書齋는 내 마음의 중심을 지키는 책을 펴냅니다.